FEB15

NAKUPENDA

Colección Alejandría:
Narrativa

NAKUPENDA

Alethia Díaz Vázquez

© 2013, Alethia Díaz Vázquez
© 2013, Ediciones Oblicuas
info@edicionesoblicuas.com
www.edicionesoblicuas.com

Primera edición: diciembre de 2013

Diseño y maquetación: DONDESEA, servicios editoriales
Ilustración de portada: Violeta Begara
Imprime: ULZAMA

ISBN: 978-84-15824-66-4
Depósito legal: B-26713-2013

A la venta en formato Ebook en: www.todoebook.com
ISBN Ebook: 978-84-15824-67-1

EDITORES DEL DESASTRE, S.L.
c/ Lluís Companys nº 3, 3º 2ª.
08870 Sitges (Barcelona)

Impreso en España – *Printed in Spain*

A mis padres y hermano.

Índice

Prólogo

Generalmente, cuando somos pequeños vemos el mundo como algo sencillo, increíble, lleno de aventuras y posibilidades; pero con el pasar de los años se va volviendo más limitante. Nuestra inocencia se va perdiendo y, al hacerlo, las más de las veces, el mundo —en un principio tan grande y liberador— comienza a encerrarnos. Cambiamos sueños por responsabilidades. El brillo se opaca y aquello que en un principio nos daba una maravillosa razón para vivir se convierte en una de las fuentes más potentes de nuestra amargura.

Para ella fue precisamente así y se obligó a no soñar con el fin de no tener amarguras, al menos, hasta que alguien le preguntó: «¿Y qué pasaría si la humanidad se quedara sin sueños? ¿Tú crees que podrías seguir viviendo sin tener nada por qué vivir?».

Capítulo 1

Áfríca, 1 de enero de 1912.
Ninaitwa Albert. Sizungumzi Kiswahili.
Je, unasema Kiingereza?[1]

Sí, mi nombre es Albert y no, no hablo suajili. Al menos no aho-
ra. Las palabras que están arriba son todo lo que pude apren-
der antes de colgarme una mochila al hombro, emprender el viaje
y subir a un barco que pudiera traerme aquí, a La Tierra de la
Montaña Luminosa...

*** ******* *** ******* ***

La Tierra de la Montaña Luminosa... La Tierra de la Montaña
Luminosa. Cuando aquella rubia que leía un cuaderno de notas bajo el cobijo de un majestuoso árbol llegó a aquel pedazo
de tierra hacía ya más de un año —a principios de 1918—, lo
que menos pensó fue que esa fuera La Tierra de la Montaña
Luminosa. Para ella era simplemente un pedazo de tierra al
que las responsabilidades la habían llevado. Una tierra en la
que pensaba vivir día a día, sin esperar nada. Una tierra que

---

1 Me llamo Albert. No hablo suajili. ¿Tú hablas inglés?

lo único que le presentaba era un futuro adusto, al lado de un hombre al que no quería pero que le ofrecía una vida estable. Una tierra que era menos su hogar que aquella otra que había dejado atrás.

Unos años antes, quizás por allá de 1912, al emprender un viaje ella habría pensado en nuevas aventuras, en nuevos amigos; incluso habría estado emocionada por el reto que representaba un idioma que no conocía. Pero cuando llegó al África, lo único que creía poder encontrar era más oscuridad en su ya lóbrega vida. Qué irónico le pareció entonces saber que el lugar al que se dirigía era coloquialmente conocido como 'La Tierra de la Montaña Luminosa'.

Había zarpado del puerto de Londres algunos días después de que sus padres le comunicaran que había sido prometida en matrimonio al único hijo varón de una de las familias más importantes de los Estados Unidos. Un hombre que, además, estaba emparentado con una de las familias más acaudaladas y reconocidas de toda Escocia; en suma, un hombre que, para el señor y la señora Green, constituía el mejor pago por la inversión que habían hecho al criar como hija propia a la señorita Andrea: ella.

La idea de desposar a un hombre al que no conocía y con el que nunca había cruzado siquiera una palabra no le hizo mucha gracia, pero hacía ya muchos años que había dejado de sorprenderse por las disposiciones de los señores Green, a quienes había dejado de llamar «padre» y «madre» cuando comenzaron a tomar las decisiones importantes de su vida sin siquiera consultarla; es decir, desde que dejó de ser una niña.

Prometerla a un hombre rico era lo único en lo que se habían preocupado desde que fueron conscientes de su belleza.

¡Cuántas veces deseó ser menos agraciada! Pero no lo era. Era bella, muy a su pesar era bella. Robb Lawrence fue el mejor postor, o como lo llamaba la señora Green, el mejor partido, el afortunado hombre que había logrado obtener lo que muchos habían deseado: tomar en matrimonio a la mujer más hermosa de Londres. La puja no fue sencilla, pero lo había logrado y en algunos meses más podría restregárselo al mundo entero en la cara.

Pero algo con lo que no contaban los señores Green era que su morena y bien parecida mina de oro había estado en Londres únicamente para afianzar algunos negocios —su compromiso con Andrea entre ellos— y, una vez solucionado todo, había regresado al lugar en el que había puesto todas sus esperanzas de éxito futuro, ni más ni menos que África.

Partió sin siquiera despedirse de ellos. Dejándoles únicamente una carta en la que comunicaba su partida y, con ella, billetes de barco para que su futura esposa y una persona más lo alcanzarán en tierras africanas, en el lugar en donde podría comenzar una nueva vida a su lado. El lugar al que él llamaba con marcado entusiasmo y notable esperanza: La Tierra de la Montaña Luminosa.

Así que, sin más, Andrea dejó Londres junto a una dama de compañía. Por algunos segundos había albergado la inocente e infantil esperanza de que la señora Green viajara a su lado, fingiendo ser la madre cariñosa que siempre había deseado, pero ella se negó rotundamente a ir a un lugar tan alejado de la alta sociedad y las buenas costumbres. La dejó partir sola, no sin antes pedirle —en realidad exigirle sería más exacto— que la mantuviera al tanto de las nuevas que en aquel pueblo lejano pudieran darse. Mientras tanto ella y la señora Lawrence tomarían las riendas de los preparativos de la boda y, cuando todo estuviera listo, avisarían a los novios para poder hacer oficial el enlace frente a la sociedad londinense.

Cuántas cosas pasaron desde entonces y cuántas fueron las experiencias que llevaron a la señorita Andrea Green a pasar de la futura señora Lawrence a Andy, la mujer rubia que en ese preciso momento tenía en sus manos, y leía, el cuaderno de notas de Albert, un hombre que en 1912 no hablaba suajili.

Capítulo 2

Andy, aquella bella joven rubia de intensos ojos esmeralda, tenía ese cuaderno en su poder desde hacía ya algún tiempo, pero se había negado a leerlo con la esperanza de poder devolverlo a su dueño intacto, sin profanación alguna de la intimidad que, estaba segura, ese grupo de hojas encuadernadas en piel guardaba tan celosamente. Pero día a día, la espera se hacía más insoportable, hasta que, finalmente, sucumbió a la necesidad de sentirse de nuevo cercana a él, y, puesto que en su poder no tenía nada que pudiera acercarlos más que ese cuaderno y una raída y opaca fotografía que no le hacía justicia a la presencia del aquel al que tanto añoraba, decidió leerlo.

Estaba segura de que la tinta oscura con la que él había escrito no podría transmitir la intensidad de sus ojos azules. Las palabras plasmadas sobre el papel indudablemente no tendrían guardado en ellas el grave, profundo y dulce tono de su voz. El amarillento color de las hojas no sería siquiera una sombra del brillante rubio de su cabellera y barba. La oscura piel del encuadernado no tendría ni el tono ni la textura de su piel dorada, y tampoco… Eran tantas las cosas que extrañaba y sabía que no encontraría en ese pequeño objeto; pero era lo único que tenía. Entonces una mañana despertó con la férrea decisión de leerlo.

Confiaba en que las palabras escritas podrían ayudarla a comprenderlo mejor y, quizás, escondido entre todas esas letras, pudiera encontrar todo aquello que ella había ignorado y pasado por alto durante el tiempo que pasaron juntos, desde que se conocieron hasta que se separaron y, quién sabe, incluso un poco más.

En un primer momento hojeó el cuaderno y se encontró no solo con relatos como los que habría en un diario, sino que había dibujos, poesía, una especie de diccionario en suajili e incluso algunos restos de la naturaleza a la que él tanto veneraba. Después de una rápida hojeada fue a la primera página y comenzó su reconocimiento del carácter de aquel hombre.

Mientras leía, se daba cuenta de lo diferentes que eran. Las primeras palabras que él había escrito demostraban la emoción que había sentido al dirigirse al África.

¡Qué diferentes eran! Ambos se embarcaron y salieron del mismo puerto cuando tenían más o menos la misma edad. En 1912 él tenía alrededor de veintidós años, ella al llegar en 1918 tenía diecinueve. Él llegó buscando aventuras, ella empujada por sus responsabilidades. Él llegó sonriente, ella resignada. ¡Qué diferentes habían sido sus circunstancias y qué diferente la forma en que ambos enfrentaron su vida! Él, como todo buen aventurero, llegó sin un solo centavo en el bolsillo, dispuesto a sobrevivir día a día, trabajando en lo que pudiera y aprendiendo tanto como quisiera; ella en cambio llegó directamente a una casa que le ofrecía prácticamente todos los lujos que pudiera desear una mujer criada a la usanza inglesa. Él desconocía el idioma y tuvo que encontrar la forma de aprenderlo, ella..., ella no necesitó siquiera intentarlo porque su prometido había puesto un traductor a su servicio desde el momento mismo en que pisó tierras africanas. Y aun así, él había sido feliz desde el principio y ella, ¡ja!, ella necesitó mucho tiempo para lograr sonreír con sinceridad.

Es algo curioso ver cómo la gente se enfrenta a la vida. Los valientes como Albert le sonríen. Los cobardes como Andy le dan la espalda y le muestran una cara amarga. Los osados le sostienen la mirada, los resignados ni siquiera voltean a verla.

Leer aquella primera página solo le había hecho recordar lo impactante que era aquel hombre, y lo tonta que había sido ella desde el principio. Terminó de leerla, dedicándole todo el tiempo que merecía, imprimiéndole el énfasis a cada palabra que, estaba segura, él habría querido imprimir. Reclinó la cabeza contra el tronco del árbol que tenía a su espalda, aún pensando en él, intentando con fuerza recordar el sonido de su voz, levantando un poco los ojos al cielo, ese cielo que había aprendido a disfrutar gracias a él.

¡Ese hombre le había dado tanto! Le había enseñado a vivir de nuevo. A veces, en momentos como aquel, ella deseaba profundamente haber sido diferente, menos hostil cuando lo conoció, más amable el resto del tiempo, pero luego… Luego pensaba en que quizás, de haber sido diferente, él no habría fijado su interés en ella.

Entonces volvió a volcar su atención en aquel cuaderno y decidió saltarse algunas páginas buscando una en la que identificara su nombre, necesitaba ver su nombre, saber que él le había dedicado al menos unas líneas a ella. Pero antes de llegar a alguna en la que encontrara las letras que formaban la palabra que con tanta ilusión buscaba, se detuvo en una que tenía el dibujo del rostro de una bella mujer de cabello rizado, pero de mirada triste. La observó con detenimiento pensando en quién podría ser. La observó intentando identificarla, apreciando las líneas, los contornos, todo. Recorrió con la mirada la página entera, mirando cada detalle, y así fue que descubrió unas palabras que le provocaron una sonora carcajada y, finalmente, identificar al personaje dibujado.

A un costado del rostro se leía «*Nilikudhani dhahabu kumbe adhabu*».[2] Esas habían sido las palabras exactas con las que él se había despedido el día que se conocieron. ¡Era ella!, la mujer del dibujo era ella.

¡Qué arrogante y triste la había dibujado! Pero seguramente se lo tenía merecido. Sus ojos siguieron posados en la página, viendo al rostro triste que le devolvía la mirada, y mientras sonreía recordando, sus pensamientos volaron a aquel día, cuando por accidente se conocieron. Cuando su actitud altiva la había llevado a ser observada y rechazada por el hombre que en 1912 no hablaba suajili, pero que en 1918 había logrado insultarla con sutileza, descaro y un poco de decepción en el hermoso idioma del África.

---

2 Pensaba que eras de oro, pero eres insoportable.

Capítulo 3

—Nilikudhani dhahabu kumbe adhabu[3] —*susurró*—. Nilikudhani dhahabu kumbe adhabu.

*** ******* *** ******* ***

Aquel había sido un día como cualquier otro. Comenzó con un desayuno aburrido con su dama de compañía y su prometido. ¡Qué extraño era llamar así a un hombre con el que apenas cruzaba palabra! Robb, necesario es decirlo, era un hombre bastante hosco, muy poco efusivo y que no había sido enseñado a amar, pero que intentaba con esmero demostrarle que quería ofrecerle todo cuanto ella deseara; que se sentía orgulloso de poder llamarla «mía», y que pasó la primera semana entera de su estancia junto a ella intentando hacerla gozar de su compañía; procurando, en la medida de sus posibilidades, entablar una conversación con ella. Pero era innegable que él no estaba preparado para los tratos amables y sutiles. Era claro que nunca había sido amado y, por lo tanto, no sabía amar. Quizás, después de todo, si se comparaba con él, ella no era tan desafortunada como creía.

Después del desayuno, Robb se había despedido y partido al trabajo asegurándole que regresaría a tiempo para cenar jun-

---

3 Pensaba que eras de oro, pero eres insoportable.

tos, así que ella tendría —de nuevo— un día entero para hacer lo que mejor hacía desde que había llegado a ese pueblo: ¡nada!

Pasó la mayor parte de la mañana en el estudio, con un libro abierto sobre el regazo, mirando la ajetreada vida del pueblo desde la ventana. Observando a hombres y mujeres de piel oscura y alegres maneras —vestidos de brillantes colores— caminar al lado de sobrios hombres blancos vestidos con aburridos y elegantes trajes de tonos claros y telas frescas.

Su dama de compañía, la señora Jones, había pasado días enteros viéndola encerrarse en esa habitación y mirar por la ventana, negándose a salir y disfrutar del ambiente tan vivo que había fuera de la casa.

Ese día, como todos los demás, después de tomar un té con ella, la señora Jones intentó de nuevo, sin esperanzas de recibir una respuesta afirmativa, sacarla de su ensimismamiento, y, para su grata sorpresa, la rubia accedió —más por aburrimiento que por gusto— a dejar el espacio confinado entre paredes en el que se encontraba para respirar el aire puro y lleno de libertad que desde su llegada había estado observando.

Así que, antes de que su señora pudiera arrepentirse, la anciana y bonachona señora Jones corrió en busca de una sombrilla, su bolso y a todo pulmón gritó el nombre de su traductor.

Reth, el joven y alegre africano que tenían a su disposición, las acompañó con gusto, contando tantas historias como le fue posible y diciendo todas las palabras en suajili que la señora Jones quería conocer.

—*Mbwa*,[4] *Ndege*,[5] *Nguruwe*[6] —decía en respuesta a cada una de las cosas que la anciana señalaba.

---

4 Perro.
5 Pájaro.
6 Cerdo.

Andy caminaba sin prestar mayor atención a nada, viendo sin ver y apenas escuchando lo que Reth decía. Todo le parecía aburrido. Todo era tan monótono. Todo era tan…

—¡*Tanadhari!*[7] —gritó alguien, haciéndola volver a la realidad—. ¡*Kinyegele!*[8]

Una diminuta figura peluda pasó corriendo al lado de la señora Jones y Reth, que caminaban frente a Andy; y antes de que la joven pudiera siquiera moverse, la criatura saltó hacia ella, subiendo por su vestido hasta posarse sobre su cabeza.

—¡*Kinyegele!*, ¡*Kinyegele!*

Gritaban todos, señalando hacia lo que fuera que había trepado por su cuerpo y alejándose de ella tanto como podían. Andy, asustada como estaba, completamente rígida, procuraba mantenerse inmóvil, sin saber qué era lo que tenía en la cabeza ni cómo quitárselo de encima.

Fue entonces cuando lo vio por primera vez. Un hombre blanco, de largo cabello rubio y tupida barba, de porte gallardo y atlético, que salió corriendo de entre la gente, buscando algo…, llamando a alguien.

—*Nzuri*, *Nzuri*, ¿dónde te metiste, *Nzuri*? Ven aquí *Nzuri*. Vamos, linda, ven.

Al escuchar aquella voz, la bola de pelos que tenía encima dio un respingo y un par de brinquitos. Pero no intentó bajar de su cabeza.

—Reth, ¿qué es? ¿qué tengo en la cabeza? ¡Quítamelo de encima! ¡Reth, quítamelo de encima! —gritaba moviendo las manos alrededor de la cabeza sin atreverse a hacer más, por temor a que aquello que se escondía en su rizado cabello fuera una bestiecilla rabiosa que pudiera morderla y causarle daño.

---

7 Cuidado.
8 Mofeta.

—No se mueva tanto señora, puede asustarlo —dijo Reth en su inglés rudimentario.

—Dios santo, señorita, quédese quieta, esa criatura terrible puede morderla —agregó la señora Jones consternada.

—¡Quítenmelo! ¡Quítenmelo! —gritaba ella con voz histérica—. ¡Quítenmelo de encima!

—¡*Kinyegele!*, ¡*Kinyegele!* —seguían gritando los pueblerinos.

Entonces el hombre rubio la vio y, presuroso, se dirigió a ella.

—*Nzuri*, ven aquí. Pequeña bribona —dijo con dulzura.

El animalillo hizo un ligero movimiento y de un brinco dejó el resguardo que la cabeza de Andy le había ofrecido y se refugió en los brazos de aquel hombre que la recibió sonriente.

—Lamento mucho que *Nzuri* la haya asustado señorita —se dirigió a ella con una sonrisa de disculpa—. Es inofensiva, la gente aún le teme un poco pero le aseguro que...

—¡¿Cómo se atreve a dejar suelta a semejante criatura?! ¡¿No se da cuenta de que si no la controla de forma adecuada puede atacar a alguien, como me ha atacado a mí?! —arremetió ella con un tono terriblemente hostil.

—Le aseguro que no quería asustarla, y no es peligrosa, solo un poco juguetona. —Su tono era conciliador.

—¡Pero me asustó! ¡Vaya si lo hizo! —Estaba furiosa, asustada y molesta porque todo el mundo volteaba a verla.

—Le ofrezco mil disculpas. *Nzuri* solo estaba jugando.

—No necesito sus disculpas y espero que su pequeña bestiecilla encuentre juegos menos salvajes que andar brincando a la cabeza de cuanta persona pase cerca de ella.

—No suele hacerlo —insistió el hombre con un tono menos amable que el que había utilizado antes—. No es común para ella ver a mujeres rubias por aquí. Seguramente el color de su cabello y los tonos de su ropa le llamaron la atención. Su intención no era mala.

—Le he dicho que no me interesa. Le recomiendo mantener a esa bola de pelos alejada de mí.

—Eso puede darlo por seguro, señora —dijo él imprimiendo un énfasis muy particular a cada una de sus palabras—, *Nzuri* no volverá a acercarse a usted, a ella solo le gusta la gente amable.

—¡Cómo se atreve!

—*Kwaheri*[9] —dijo dándole la espalda y comenzando a alejarse de ella.

—Hábleme en inglés ¿quiere?

—Pídale a Reth que le explique. Supongo que es su traductor —agregó mirando al africano sin siquiera voltear a verla.

—¡Atrevido!

—*Asante*[10] —dijo con ironía, le dio la espalda y comenzó a caminar—. Ven, *Nzuri*, creo que te equivocaste, pequeña. Es bella pero no es buena. Recuerda lo que nos han dicho: «no todo lo que brilla es oro». Supongo que yo también me equivoqué —susurró mientras acariciaba el pelaje blanco y negro de la mofeta.

Después de algunos pasos se detuvo, se giró hacia Andy para poder mirarla con detenimiento a los ojos y antes de retomar su camino dijo:

—*Nilikudhani dhahabu kumbe adhabu.*[11] —Volvió a girarse y, sin voltear a verla, se perdió entre la gente.

Reth, aun con la insistencia de su señora, se negó a traducir las últimas palabras de aquel hombre y la señorita Green,

---

9 Adiós.

10 Gracias.

11 Pensaba que eras de oro, pero eres insoportable.

furiosa, decidió regresar a casa y encerrarse de nuevo, no sin antes preguntarle a su traductor cómo se llamaba ese hombre que tan mal la había tratado y de dónde lo conocía.

—Su nombre es Albert —dijo Reth—, todo el mundo conoce a Albert. Su nombre es Albert.

Capítulo 4

Dicen que el hogar está donde está tu familia, pero… ¿y si ya no hay gente a tu alrededor a quien otorgarle ese título? ¿Qué pasa entonces?

Hogar. Muchas veces, ingenuamente, creemos saber el significado de esa palabra, pero generalmente estamos equivocados. Al menos yo lo estaba. Creía que mi hogar era aquella vieja casona, de mi natal Escocia, en la que pasé mi infancia al lado de mi familia. Supongo que durante mucho tiempo lo fue, pero después… Después esa vieja casona en la que había pasado grandes y felices momentos se convirtió en una casa, simple y sencillamente una casa. Grande, vieja y vacía.

El hogar, ahora lo sé, es aquel lugar en el que encuentras un refugio que te hace sentir a salvo. Es el lugar al que acudes en busca de consuelo. El lugar en el que se encuentra la gente que te quiere sin juzgarte, que ve tus defectos pero te ama por ellos, que te ama aún a pesar de ellos. Es el lugar en el que encuentras apoyo y una sonrisa sincera de la gente que amas. El hogar es un lugar en el que adoras vivir y en el que serías feliz muriendo. El hogar te brinda alegrías, te da fuerzas para enfrentar la vida y te enseña el verdadero significado de la palabra «amar». Es un lugar que está ligado a ti y que, de alguna manera, te ayuda a definir quién y cómo quieres ser.

Aquella vieja casona escocesa, al convertirse en, simplemente, una casa, dejó su puesto de hogar libre durante mucho tiempo, y la vacante la ocupó, sin que yo me diera cuenta, esta tierra salvaje, con su cálido clima, con su gente siempre sonriente, con la libertad que me otorga.

Mi corazón encontró aquí lo que por mucho tiempo había añorado. Después de muchos años, y a miles de kilómetros de distancia, mi corazón estaba en su hogar de nuevo. Finalmente, encontró aquí el hogar que por tanto tiempo estuvo buscando. El hogar que tanto había necesitado.

*** ******* *** ******* ***

Cada palabra que leía la hacía sentir culpable por haberse creído tan miserable y digna portadora de la amargura que por tanto tiempo había mostrado como carta de presentación. Sin embargo, Albert había sufrido tanto o más que ella, pero no por ello le ponía mala cara a la vida. Él agradecía cada día que podía vivir y ella en cambio desperdiciaba cada segundo en reproches y quejas.

Cada recuerdo que tenía de él era digno de una sonrisa. Le habría gustado poder sonreírle más. A él le gustaba verla sonreír. Se lo había dicho muchas veces. Pero le había costado tanto trabajo volver a hacerlo de forma natural y sincera. ¡A veces es tan difícil sonreír!

—Es usted más bella cuando sonríe —le había dicho, y recordaba perfectamente la primera vez que lo hizo.

—Aunque no quieras, Andrea, he dicho que prepararás todo para la recepción de hoy por la noche. Es una cena muy importante. He invitado a personajes muy distinguidos del pueblo, así que te lo dejo claro ahora: ¡no te estoy pidiendo permiso, te estoy diciendo que como mi futura esposa y señora de esta casa es tu responsabilidad hacer que la cena de esta noche sea todo un éxito!

Eso fue lo único que Robb le dijo y después se marchó, dejándola a ella con la responsabilidad de organizar, en un tiempo demasiado corto, una elegante cena para un grupo de personas a las que no conocía. Por un momento se sintió tentada a no hacer absolutamente nada y recibir a Robb y a sus invitados con una hermosa sonrisa y una mesa vacía. Pero luego lo pensó mejor y decidió hacer lo que de ella se esperaba. Afortunadamente, la señora Green le había enseñado todo lo que necesitaba saber acerca de las artes ocultas de la buena esposa y, prepararse para la noche, no fue tan complicado como cualquiera hubiese podido esperar.

A una hora sensata, subió a su habitación para asearse y arreglarse. Quizá ponerse aquel sombrío vestido negro sería una delicada y sutil manera de hacer notar su enojo: luto durante una fiesta, divertido, pero el calor que se sentía en aquel pueblo no le permitiría usarlo, sería demasiado martirio para ella. Tal vez el vestido de satín rojo era la mejor opción, aunque era demasiado llamativo. Lo que quería era hacer que Robb se sintiera mal, no que el mundo tuviera los ojos posados en ella. Entonces se decidió por un sencillo vestido verde claro, con accesorios discretos y maquillaje ligero.

Robb no tardó en llegar y en elogiarla por su belleza y sumisión. «¿Un golpe sería una clara muestra de sumisión?», se preguntó, seguramente no, pero estaba segura de que la haría sentir mejor.

A las seis de la tarde los invitados comenzaron a llegar y la *feliz* pareja estaba ya dispuesta a darles la bienvenida. Él completamente radiante —con su morena galanura—, presumiendo a su prometida. Y ella, escondiendo su enojo bajo una —bien ensayada— máscara de amabilidad.

Los invitados eran las personas más acaudaladas de aquel pueblo, pero eso no los hacía ni medianamente interesantes. Por un lado se encontraban los importantísimos: *el Señor Don Aburrido* y su esposa *la Señora Sonrisas*, ambos con cara de pocos amigos; estaban también el embajador *Don Atractivo* y su prometida *la Señorita Resignación*, él un hombre mayor muy poco agraciado y ella una mujer joven decidida a ser rica. En una esquina, luciendo sus mejores galas estaban los señores: *huele-a-desperdicio-de-perro*, que miraban a todos por debajo del hombro, con una ceja levantada y la nariz fruncida con expresión de disgusto. Platicando con ellos estaba un hombre de espalda ancha, largo cabello rubio recogido en una coleta, buen porte... Desde ese ángulo lo llamaría *¿Don mira-qué-fascinante-soy?*, no, mejor lo llamaría...

—¡*Simba ndany ya nyumba!*[12] —gritó *Don Aburrido*, y *Don mira-qué-fascinante-soy* se giró esbozando su mejor sonrisa, que, por cierto, y eso solo ella, que era una experta, lo pudo notar, era fingida.

—Buenas noches, Walter. —*Don mira-qué-fascinante-soy* tendría desde ese momento otro nombre, y no le hizo mucha gracia saber que ese hombre estaba en su casa.

—¡Qué gusto me da verte, Albert!, tenemos tantas cosas que platicar, y esta ocasión no te me vas a escapar.

¿Qué estaba haciendo él ahí? ¿Cómo se atrevía, después del espectáculo de aquella bestiecilla? ¡Descarado!

—Me encantaría hablar de negocios con usted, Walter, pero me temo que no sería educado hacerlo aquí y ahora —dijo el insolente rubio intentando zafarse.

---

12 León en la casa

—¡Patrañas! —repuso *Don Aburrido* mientras ella intentaba encontrarle significado a la frase que había gritado su *divertido* invitado.

—La señora de la casa ha dedicado demasiado tiempo a esta cena.

¿Intentaba escabullirse usándola a ella?, ¡vaya patán! Notó que él la miraba de soslayo y al saberse descubierto sonrió sin mostrar el más mínimo ápice de arrepentimiento ¡Desvergonzado!

—No me parece adecuado…

—Serían tan amables de acompañarnos al comedor, la cena está servida —Intervino Robb y la cara de satisfacción de Albert no le pasó desapercibida a Andy.

—En otra ocasión será, Walter, en otra ocasión será.

—Eso espero, Albert, hemos pospuesto esta conversación por mucho tiempo.

—Lo sé y me disculpo por eso. —¡Mentía!, eso era claro—. En cuanto me sea posible me pasaré por su oficina, lo prometo, pero por el momento creo que debemos ir con los demás.

—Tienes razón, muchacho. Vayamos a comer.

La expresión del rubio se suavizó y ahora, sabiéndose libre de responsabilidades, sonrió con sinceridad. ¡Descarado!, después de lo que le había hecho ¿cómo se atrevía a estar allí?

La cena transcurrió sin problemas y con muchos elogios al buen gusto y la dedicación de la señora de la casa. Todo el mundo parecía muy complacido, todos menos aquel rubio que, a cada aclamación, sonreía de medio lado con ironía, sin levantar la vista de su plato. Aunque para ser completamente honestos, ella hacía exactamente lo mismo. Pero ella era la señora de la casa, y él… Él no era más que un desvergonzado pueblerino que la había ofendido y se presentaba con la mayor desfachatez del mundo en «su» casa.

Después de comer, los caballeros se dirigieron a otro salón para conversar de negocios, y las damas pasaron al recibidor para conversar de temas tan interesantes como los nuevos bordados que estaban haciendo, o aquel cojín tan hermoso que estaban pintando, o el vestido nuevo de seda que les habían regalado. Temas tan agradables que, en menos de cinco minutos, Andy se escabulló sin ser vista con dirección a la terraza. Necesitaba aire y unos segundos con ella misma para intentar recuperar algunas de las neuronas que pensaba había perdido al escuchar tan intelectuales conversaciones. Estaba exhausta.

El viento fresco la recibió con agrado, regalándole una ligera caricia sobre el rostro. Posó las manos sobre la madera de la barandilla, cerró los ojos y respiró profundamente intentando tranquilizarse y controlar la amargura que la estaba invadiendo. El sonido del aire al mover las hojas de los árboles, el cálido aroma que emanaba de esa tierra y la naturaleza que la rodeaba pronto la ayudaron a serenarse, al menos hasta que escuchó el crujir del piso de madera tras ella. Entonces abrió los ojos y, sentado en una banca a la orilla de la terraza, lo vio a él. Fue imposible no identificarlo, con su barba y cabello iluminados ligeramente por la luna y la luz que salía de la casa.

—Se siente bien estar aquí —casi susurró antes de que ella pudiera organizar en su mente una frase hiriente para atacarlo—, lejos del ajetreo y las pretensiones de la gente falsa.

—Desde que lo vi he esperado el momento para echarlo de mi casa, pero ahora no encuentro las palabras adecuadas para hacerlo, ni me siento con ánimos para discutir con nadie. —Él sonrió.

—En mi defensa le aseguro que no habría venido si su prometido no hubiese sido tan insistente. Mi intención no es molestarla, señorita Green.

—Mi nombre es Andrea —respondió ella cortante.

—Yo soy Albert, señorita Andrea —dijo él fingiendo no haber escuchado el tono de fastidio con el que dijo su nombre.

—Lo sé, Albert sin apellido, escuché a *Don Aburr...*, al señor Walter mencionar su nombre.

¡Mentira!, se lo había dicho Reth y por muchos días no había podido olvidarlo.

—¿Así que usted también lo encuentra aburrido? —dijo divertido. Ella se encogió de hombros restándole importancia.

—Quien no lo haga debe de ser bastante tonto. —Él rió con ganas—. Puedo preguntar qué significa aquello que le gritó cuando lo vio —continuó ella cambiando de tema.

—¿*Simba ndany ya nyumba?*

—Eso creo. —Estaba casi segura de que era eso lo que había escuchado.

—«León en casa» —fue su escueta respuesta.

—No entiendo.

—*Simba,* «león», es un apodo que me pusieron los aldeanos hace algunos años, en referencia a mi cabello rubio y largo, y a algunos otros sucesos que le contaré, si me lo permite, en otra ocasión.

—Debió de haber causado sensación.

Su ironía fue respondida de nuevo con una sonrisa. Al parecer, el hombre no era tan maleducado y grosero como ella pensaba.

—Se la ve cansada y aburrida —dijo él como si fuera lo más normal del mundo. *Lo estoy*, pensó ella—. Tratar con estas personas siempre es agotador, aunque debo decir que lo ha hecho usted de maravilla. Sus invitados no han notado en ningún momento lo poco feliz que se siente con ellos aquí, y le aseguro que no dejarán de hablar de usted y alabar su belleza y su hogar en varios días.

—Este no es mi hogar —dijo ella tajante antes de siquiera poder pensar lo que estaba diciendo.

—Lo lamento, no quería...

—No, no se disculpe. Como usted bien ha dicho ha sido un día bastante difícil para mí.

—Es difícil sentirse en casa tan lejos de Londres. —Él parecía entender que al decir «difícil» ella no se refería a las labores del día, sino al día en sí.

—Sí, lo es.

—¿Me permite darle un consejo?

—¿Tengo opción? —preguntó ella mirándolo fijamente.

—Puede decir que no. —Su sonrisa era bastante... bella.

—Lo escucho.

—Hacer lo que estaba haciendo antes de que se diera cuenta de mi presencia aquí le ayudará mucho. África tiene un gran ángel escondido en ella. Déjela que le susurre al oído, déjela acariciar su rostro...

—Parece que hablara usted de una especie de amante en lugar de un pedazo de tierra —lo interrumpió.

—Esta tierra es la mejor amante que he tenido en mucho tiempo. —Ella bajó la vista un poco avergonzada, pero él pareció no darse cuenta—. Es sincera, amable, cálida. Nunca me reprocha nada y pocas veces me monta escenas de celos. Estoy seguro de que en esos pocos minutos en los que usted estuvo con los ojos cerrados, escuchándola, sintiéndola, logró olvidarse de todo.

—Y de todos.

—¿Sabe?, en nuestro primer encuentro, pensé que era usted una mala persona, pero veo que no lo es. —¡Qué ruda sonaba la verdad que le decía!—. Creo, y por favor disculpe mi atrevimiento, que usted sufre de un caso crónico de soledad.

—Y yo pensé que usted era un salvaje —contestó fingiendo molestia, y al escucharla él rió gustoso.

—A veces puedo serlo, pero generalmente soy medianamente educado. —Ella sonrió y él la miró con detenimiento.

—¿Por qué me mira así?

—Es la primera sonrisa sincera que le veo. No me ma-
linterprete, la he visto sonreír antes, ha sonreído durante toda
la cena, pero ninguna de sus sonrisas me había parecido real.
Hasta ahora.

—¡Atrevido! —respondió ella un poco a la defensiva.

—*Asante*[13] —dijo sonriente—. ¿Sabe?, me da gusto ser
yo quien haya logrado hacerla sonreír. Ahora que siento haber cumplido una importante misión, es momento de partir y
dejarla disfrutar del cálido abrazo de mi más querida amante.
Espero que esta no sea la última vez que me permita disfrutar
de su charla y compañía.

—Ha sido un placer, Albert.

—Hasta pronto, señorita Andrea —dijo él en forma de
despedida, haciéndole una ligera reverencia con la cabeza.

—Que pase buena noche. —Él hizo ademán de entrar a la
casa pero antes de hacerlo se volvió hacia ella y le dijo:

—Señorita, de nuevo perdone mi atrevimiento pero… es
usted más bella cuando sonríe. Por favor no deje de sonreír.
Usiku mwema.[14]

Y después de eso cruzó el umbral de la puerta y desapa-
reció de su vista. Qué hombre tan extraño le pareció entonces a Andy. Quizá debió preguntarle qué hacía en su casa. No
parecía ser más que un capataz, pero él había dicho que Robb
personalmente le había pedido acompañarlos. ¿Quién sería en
realidad? Eso la intrigaba, pero lo que más llamaba su atención
era ese aire despreocupado, tranquilo y honesto que tenía.

---

13 Gracias.
14 Buenas noches

Por unos minutos más estuvo en la terraza, haciendo lo que él le había dicho, y el resto de la noche lo pasó fingiendo disfrutar la velada y pensando en quién era aquel hombre que en su primer encuentro la había insultado en suajili y ahora se había despedido de ella con uno de los mejores halagos que en su vida hubiese recibido. Haciéndola disfrutar de su belleza y, por algún extraño motivo, permitiendo que se sintiera en paz. Simple y sencillamente en paz.

Capítulo 5

… alguna vez yo también me mecí sobre abedules // y frecuentemente sueño con volver a hacerlo. // Sobre todo cuando me siento abrumado por mis meditaciones // y mi vida se asemeja a un bosque sin senderos. // En donde el rostro arde y cosquillea cuando las telarañas // se rompen sobre él, y un ojo llora // porque una brizna lo ha herido. // Quisiera irme de la tierra un tiempo // para después regresar y comenzar de nuevo. // Solo espero que el destino no me malentienda intencionalmente // y a medias conceda mi más ferviente deseo y me mande lejos // para no volver jamás. La tierra es el lugar perfecto para el amor: // No sé qué otro lugar podría ser mejor que este. // Me gustaría de nuevo trepar un abedul. // Y trepar negras ramas a lo largo de un tronco blanco como la nieve. // Intentando tocar el cielo, hasta que el árbol no pudiera sostenerme más, // y, cansado, arqueara su punta para dejarme en el suelo de nuevo. // Sería maravilloso irme y poder regresar. // Hay cosas mucho peores que mecerse sobre abedules.[15]

---

15 Frost, Robert. «Birches». *Mountain Interval*, 1920.

*** ******* *** ******* ***

A veces ella también deseaba poder volver el tiempo atrás y regresar los años hasta aquella infancia suya tan hermosa y libre de amarguras. A los años en los que nadie la retaba por trepar las ramas de un árbol con la única intención de contemplar, desde lo alto, el paisaje que se dibujaba ante sus ojos. Al tiempo en que sonreír era tan sencillo; en el que el mundo parecía tan grande y maravilloso; cuando el hastío no se había apoderado de su alma. A esos años en los que ser ella era la cosa más natural y sencilla del universo.

Ahora, todo aquello había quedado atrás y a veces despertaba deseando fervientemente retroceder en el tiempo. ¡Qué sorprendente era saber que un hombre tan estoico y aparentemente fuerte como él hubiera añorado también regresar las manecillas del reloj y ser de nuevo un crío que encontraba gran regocijo en mecerse sobre las ramas de un abedul!

—¿Reth? —llamó ella con un tono muy poco común en su voz.

—Dígame señora.

—¿Es tu idioma muy complicado?

—No, al menos no lo creo. Puede ser difícil al principio, pero…

—Me gustaría aprenderlo —dijo como si hablara con ella misma, mientras veía los grandes árboles que se mecían detrás del cerco que delimitaba su propiedad.

—¿Qué te gustaría aprender, querida? —Robb había salido al pórtico de la casa sin que Andy se diera cuenta de su presencia.

—Suajili —contestó ella un poco sobresaltada.

—Y ¿para qué?

Robb era así. Tenía el don de hacerla sentir bastante estúpida con palabras tan sencillas. Ni siquiera necesitaba imprimir un tono particular a su voz. Y parecía nunca darse cuenta de que era grosero con ella.

—Reth está a tu entera disposición para comunicarte con los pueblerinos.

—Creo que me resultaría más sencillo poder estar aquí si al menos comprendiera lo que la gente dice. Me facilitaría mucho las cosas.

—Comprendes perfectamente bien lo que la gente interesante dice, querida. El idioma del pueblo no te es necesario.
—Ella lo miró enojada.

—No comprendo tu lógica —arremetió un poco molesta—. Si viajas a París intentas al menos comprender un poco de francés. Si vas a Roma aprendes las palabras indispensables del italiano, ¿no veo por qué no habría de aprender al menos unas cuantas frases en suajili?

—Porque una mujer de tu clase no las requiere. Porque tienes un intérprete a tu servicio y sobre todo porque estás a punto de ser mi mujer y yo no quiero que lo hagas, ¿necesitas que te dé otras razones? —respondió él con tono sumamente imperativo.

—Lo que necesito, en este preciso momento, es alejarme de ti —contestó ella airada, hablando con un tonillo forzadamente tranquilo, poniéndose de pie y comenzando a caminar hacia los árboles. Estaba muy molesta y no quería que él le viera perder la serenidad.

—Tu sumisión es uno de tus mejores atributos, querida, y si a eso le agregamos tu belleza…, eres casi perfecta. —¡Golpe bajo, demasiado bajo!

—¿Mi sumisión? —preguntó notoriamente irritada—. ¿Mi sumisión?

—Prefieres evitar las discusiones alejándote, eso me parece bastante sumiso. ¿No te lo parece a ti?

—¡Eres un imbécil! —Él sonrió con ironía.

—Esa clase de palabras no son propias de una dama, señorita Green —sentenció acercándose a ella para mirarla directamente a los ojos—. Espero jamás volver a escucharlas salir de tu boca. Las señoras Lawrence nunca las pronuncian.

—Afortunadamente aún no soy una de esas grandes señoras de las que hablas, y tú no eres quién para decirme qué puedo hacer o decir, así que, permíteme decirlo de nuevo: eres un imbécil, y no uno cualquiera, eres el imbécil más grande que he conocido en mi vida y seguramente seguirás teniendo el puesto de imbécil mayor por mucho tiempo. —A cada palabra de ella el rostro de él iba manifestando muestras claras de ira.

—Escúchame bien, Andrea —dijo tomándola de la muñeca cuando ella intentó darle la espalda—, nunca en mi vida he lastimado a una mujer y no pretendo comenzar ahora, pero si te atreves a hablarme de ese modo de nuevo…

—¡No te tengo miedo! —lo interrumpió.

—Quizás deberías, querida mía. Sería más sensato que lo tuvieras. —Ella le sostuvo la mirada—. Ahora, te sugiero que regreses al salón en el que pasas tus días. Regresa a tus actividades diarias, seguramente puedes bordar un pañuelo para mí. —Soltó su mano. Pero cuando la vio dirigirse hacia la calle volvió a asirla—. ¡He dicho que entres a la casa, vayas al salón y me bordes un pañuelo!, ¡no me hagas repetirlo!

Ella sonrió con esa clase de sonrisas que había visto a la señora Green esbozar tantas veces, una de esas que tienen impreso un reclamo en ellas.

—Será como usted desee, señor Lawrence. Lamento haberlo importunado.

La sonrisa que Robb le había lanzado cuando la vio encaminarse al interior de la casa fue la peor afrenta que hubiese recibido en mucho tiempo, la hizo sentir tan furiosa. Cuando cruzó el umbral del salón al que le había ordenado dirigirse llevaba los ojos llenos de lágrimas, pero tenía mucho tiempo sin llorar. Se lo había jurado a sí misma, nunca nadie la vería llorar de nuevo, nunca nadie tendría la oportunidad de ver su debilidad reflejada en un torrente de lágrimas.

Se acercó al lugar en el que tenía guardadas mantillas, agujas e hilo, dispuesta a hacer lo que se suponía debía hacer, ¡pero estaba tan enojada! No, enojada era poco, ¡estaba furiosa! Limpió sus ojos con manos temblorosas y respiró profundamente. Ni una sola lágrima recorrió sus mejillas. Caminó por el salón para serenarse y de pronto se detuvo de golpe. Dejó sobre el sofá todo lo que necesitaba para confeccionar el pañuelo que Robb le había ordenado hacer y se dirigió a la biblioteca. Pasó unos minutos buscando entre las estanterías un libro en particular. Cuando lo encontró sonrió triunfante, lo tomó y volvió con él dispuesta a terminar su labor.

Eran ya pasadas las seis de la tarde cuando Robb recibió en su oficina a uno de los trabajadores de su casa. El hombre había llegado corriendo y pidió con urgencia hablar con su señor argumentando traer consigo noticias de suma importancia.

Robb lo recibió furioso. Todos en la casa sabían que no le gustaba ser interrumpido en el trabajo, pero cuando el hombre le dijo que no lograban encontrar a la señorita Andrea por ningún lado y que la señora Jones estaba muy preocupada, la expresión de Robb cambió radicalmente. Dejó todo lo que estaba haciendo y sin dar explicaciones salió corriendo a casa. Cuando llegó encontró el lugar completamente de cabeza. Todo el mundo buscaba a su prometida, pero ella no estaba por ningún lado. La señora Jones, realmente alterada, le dijo que había dejado a su señora sola por unos momentos y cuando regresó ya había desaparecido. Habían pasado horas enteras buscándola en la propiedad y sus alrededores, pero por más que buscaban no lograban dar con ella.

Robb, ahora verdaderamente preocupado y bastante molesto por la actitud infantil de su futura esposa, convocó a todos los trabajadores de la casa y pidió que organizaran una búsqueda un poco más extensa; Andy no conocía el pueblo y no podía estar muy lejos. Todos estaban dispuestos a seguir las órdenes de su señor y él subió a su habitación para cambiarse de ropa y poder unirse a sus hombres.

Cuando entró a la recámara, encontró sobre su cama un pañuelo pulcramente bordado sobre un diccionario abierto, y al lado de ellos una hoja en la que se leía: «¿Te parece esto suficientemente sumiso?». Robb estrujó la hoja en su mano y volcó su atención en el pañuelo.

En lugar de las iniciales R.L. que debía tener, se veía una sola palabra. Una palabra que no estaba escrita en inglés. Una palabra impecablemente trabajada en hilo negro: «*upumbavu*», y esa misma palabra estaba subrayada en el diccionario; su significado: imbécil.

Intentó controlar su rabia, pero nunca había aprendido a hacerlo, así que salió de la recámara profiriendo toda la clase de improperios que las señoras de su familia tenían prohibido escuchar siquiera. Llamó con marcada aspereza a uno de los hombres que aún se encontraba en la casa y le ordenó que reuniera a los demás y les comunicara que la búsqueda se cancelaba.

Si Andrea quería irse podía hacerlo, él no la detendría. Si ella quería ser una estúpida niña caprichosa estaba en todo su derecho, él no pensaba mover un solo dedo para encontrarla y sus hombres harían lo que él ordenara. La señora Jones le rogó que encontrara a su señora, le imploró que no la dejara sola en un entorno que no conocía, le suplicó que la devolviera a casa antes de que la noche se ciñera sobre ella, pero el hombre —obstinado como era y tan herido en el orgullo como se sentía— se negó a escucharla. Estaba seguro de que la «bien educada» señorita Green regresaría al darse cuenta de lo mucho que lo necesitaba, y cuando lo hiciera él la trataría con la misma delicadeza con que ella lo había tratado. Le pagaría con la misma moneda y no se detendría a pensar en si ella sufría o no.

Capítulo 6

Caprichosa, berrinchuda, tonta, estúpida, necia, irreflexiva, atrabancada... Tantas palabras eran las que pasaban por su cabeza ahora que ya estaba más tranquila y comenzaba a sentirse un poco perdida y asustada.

—Bien lo decía tu madre, Andrea Green, «no hables a menos que puedas mejorar el silencio» o «en boca cerrada no entran moscas». Sería una muy buena idea que comenzaras a escuchar la voz de la experiencia y dejaras de una vez por todas de hacer esta clase de tonterías. ¡Ahora sí la hiciste buena! No sabes dónde estás. No sabes cómo preguntar nada. La noche se te viene encima. ¡Felicidades! ¡Eres oficialmente la mujer más brillante del mundo!

La gente que pasaba cerca de ella la miraba con recelo. No era común ver a una mujer blanca caminando sola y, mucho menos, hablando sola. Los pueblerinos optaban por alejarse de ella. Seguramente la tomaban por loca y creían que podía ser peligrosa. Nadie la había reconocido y eso no la sorprendía, prácticamente no salía de su casa. Ojalá Robb no estuviera muy enojado con ella y estuviera buscándola, pero ¿y si estaba furioso? ¡Ah, sí tan solo hubiera aprendido a mantener cerrada la boca!

—Estaría usted muy feliz de verme ahora, señora Green. Ya casi puedo escucharla riéndose, burlándose y reprendiéndome por mis brillantes acciones. Gracias por todas sus inútiles enseñanzas. Espero que no sufra mucho cuando se entere de mi trágica desaparición.

Cada lugar se le hacía más desconocido que el anterior y a cada paso que daba se alejaba más y más de los lugares poblados. Ahora las pocas chozas que veía a su alrededor estaban bastante separadas una de otra y lo peor de todo era que no sabía siquiera el camino que había tomado, lo que le impedía retroceder sus pasos y regresar a casa. Ojalá hubiese prestado más atención a los libros que referían una forma de ubicarse siguiendo el trayecto del sol o —ahora sería más apropiado— la ubicación de las estrellas, ¡pero no!, prefería reírse de esas historias en las que los diestros caballeros lograban rescatar a la damisela en peligro gracias a sus habilidades como exploradores. ¡Tonta! ¡Cientos y miles de veces tonta!

Comenzaba a hacer frío y cualquier ruido que escuchaba cerca de ella, por insignificante que fuera, provocaba que su corazón corriera desbocado, intentando salir de su pecho. Algunos años atrás, el espíritu aventurero que tenía cuando niña le habría permitido mantener la calma y observar todo con emoción, pero, en ese preciso momento, ese espíritu aventurero estaba enterrado bajo miles de reprimendas, oculto por lo que su madre decía eran buenas costumbres; lo que no era para nada bueno, porque en ese mismo instante comenzaba a sentirse completamente aterrada. El pánico se estaba apoderando de ella y no tenía ni la más remota idea de qué podía hacer.

De pronto, un ruido similar al ronroneo de un gato, aunque un poco más grave y profundo comenzó a acercársele. Miraba desesperada hacia todos lados intentando identificar qué lo producía y de dónde provenía, pero no veía nada. Comenzó a caminar más rápido pero el sonido la seguía, ahora acompañado del ruido que ocasionaban hojas y ramillas crujiendo. No lo soportó más. Gritó. Se echó a correr y, en su desesperación, como pudo, trepó a las ramas de un árbol que estaba cerca de ella. Subió y subió, hasta que llegó a un punto en el que el vértigo la atacó y se quedó inmóvil, abrazada al tronco del árbol, con los ojos cerrados, temblando de miedo. ¡Qué terrible día estaba viviendo! Y lo peor de todo era que el sonido seguía estando muy cerca de ella, cada vez más cerca. Hasta que finalmente paró, pero entonces algo brincó a su vestido y con gran agilidad trepó por su cuerpo hasta llegar a su cabeza. Era algo pequeño y peludo, seguramente un animal salvaje, aunque le recordaba a…

—¿*Nzuri*? ¿*Nzuri*? ¿Dónde te metiste, *Nzuri*? —Esa voz la conocía.

—¡Ayuda! ¡Por favor, ayuda! —gritó.

En cualquier otro momento se habría resistido a darle a alguien la oportunidad de burlarse de la situación tan embarazosa en que se encontraba, pero en esas circunstancias tenía demasiado miedo como para detenerse a pensar en burlas.

—¿Qué? ¿Quién? ¿Dónde estás? No veo nada. —Exclamó Albert, volteando a mirar hacia todos lados, algo sorprendido y confundido al escucharla.

—Arriba. Aquí, arriba.

Él levantó la vista y después de escudriñar un poco la oscuridad la identificó. Encaramada entre las ramas de un árbol, con *Nzuri* en la cabeza.

—¡Dios Santo!, señorita Andrea, ¿qué hace usted allá arriba?

—Estoy disfrutando del paisaje, ¿no se nota? —respondió ella con ironía mientras mantenía los ojos cerrados con fuerza.

—Un momento y un lugar un poco extraños para hacer-lo… —bromeó él.

—Por favor, Albert, no se burle. *Nzuri* me asustó. Subí no sé cómo y ahora no puedo bajar, ¿sería tan amable de ayudar-me? —Su voz dejaba entrever el miedo que sentía.

—Espere un segundo, ahora llego a usted. No se mueva —dijo él ahora con un tono de voz que intentaba tranquilizarla.

—Creo que eso no será problema, aunque quisiera no puedo mover un solo dedo.

Albert era un hombre muy seguro y bastante ágil, así que no le costó mucho trabajo llegar hasta donde estaba Andy, pero ella estaba tan aterrada que no lograba por ningún medio que se soltara del árbol para intentar bajarla.

—Debe soltarse, estoy aquí y la ayudaré a bajar, pero nece-sito que ponga un poco de su parte.

El rubio estaba parado en la misma rama que ella, con *Nzuri* a su lado. La mofeta, al verlo llegar, había abandona-do la cabeza de Andy. Los tres hacían un cuadro por demás gracioso.

—No pongo en duda sus intenciones, Albert, pero mi cuerpo no responde las órdenes de mi cerebro…

—¿Tanto miedo tiene? —lo dijo sin afán de molestar, pero ella lo tomó como una ofensa y sin darse cuenta se soltó y giró para reprocharle su poco tacto.

—Es usted un grose…

Mala idea. Al girarse tan deprisa el vértigo la atacó de nuevo. Soltó un pequeño gritillo, dejó de respirar y estuvo a punto de caer, pero el rubio la tomó a tiempo y ella se abrazó a él con fuerza.

—Todo está bien, señorita —dijo sonriendo y dejándose abrazar—. Estoy aquí. No pienso dejarla caer. Por favor con-fíe en mí.

Él sonreía, y en cuanto a ella..., las sensaciones que la recorrían al estar entre sus brazos eran algo que no esperaba. Se sentía bien al estar ahí. Su aroma y su calidez le permitían tranquilizarse.

—Eso, respire, tranquila, estoy aquí. —Mientras hablaba acariciaba con delicadeza sus rizos.

—Gracias —dijo ella tímidamente—. Debe de pensar usted que soy una tonta. —Él sonrió.

—En este preciso momento lo único en lo que puedo pensar es en ayudarla. —Su tono era tan tranquilo, ¿cómo podía estar tan tranquilo?

—¿Acaso no le da miedo nada? —preguntó ella aún abrazada a él.

—Claro que sí. A las alturas no, pero le temo a muchas cosas.

—Lo veo muy tranquilo.

—Si se fija más detenidamente se dará cuenta de su error —susurró.

—¿Cómo dice? —Él sonrió y movió ligeramente la cabeza para restarle importancia a sus palabras.

—¿Cree estar lista para intentar descender?

—Lo dudo, pero supongo que no podemos quedarnos aquí arriba por siempre —Él rió.

—Sería divertido por un tiempo, pero seguramente perdería su encanto después.

¿Cómo lo hacía? ¿Cómo lograba tranquilizarla y hacerle sonreír tan fácilmente?

—¡Bajemos! —dijo resignada.

—¡Ese es el espíritu! —exclamó él—. Iré delante y la ayudaré a tener un camino más seguro.

Así lo hizo, bajó poco a poco, con mucha calma y teniendo el cuidado necesario para que ella se sintiera segura, para que no temiera más de lo estrictamente necesario. Tardaron unos minutos en llegar al suelo y cuando finalmente lo hicieron Andy temblaba por el esfuerzo y por los nervios, pero estaba contenta de haberlo logrado.

En cuanto sus pies tocaron tierra firme se dejó caer y permaneció sentada en el suelo por unos minutos. Él no dijo nada. Pudo reírse de ella, pero permaneció en silencio, de pie a su lado. Observándola. Cuando finalmente casi se sintió bien por completo, se puso de pie y le agradeció su ayuda. Él, sin decir una sola palabra, le tendió una mano y comenzó a caminar, con *Nzuri* saltando a su lado. Ella estaba demasiado cansada para resistirse, así que lo siguió.

Caminaron poco y llegaron a una casa pequeña y humilde pero acogedora. Él le ofreció un poco de agua para que se lavara y, mientras ella lo hacía, se dirigió a la ¿cocina?, seguramente eso era aquella zona de la casa. Puso una tetera con agua sobre el fuego y de una serie de estantes sacó un trozo de pan, mantequilla y un frasco de mermelada. Puso todo sobre una pequeña mesa, le ofreció una silla y sirvió un par de tazas de té. Ella estaba sorprendida, era la primera vez en su vida que veía a un hombre atenderse solo y jamás, ni en sus más salvajes sueños, podría haberse imaginado ver a un hombre como aquel atendiéndola a ella.

—¿En qué piensa? —le preguntó al verla tan callada.

—En muchas cosas.

—¿Puedo saber al menos una?

—Es usted un hombre poco común. —Él sonrió.

—¿Debo tomarlo como una ofensa?

—¡Claro que no! —exclamó—. Me sorprende, gratamente, saber que aún existen personas gentiles y que no temen hacer cosas como esta. —Con los brazos señaló la mesa—. Robb seguramente me diría que la mujer de la casa soy yo. Se negaría rotundamente a servirme siquiera un té.

—Mi madre me enseñó a ayudarla, a ella y a mi hermana, decía que un hombre atento y autosuficiente es mucho más hombre que los que se niegan a hacer nada que ponga en entredicho «socialmente» su hombría, y mi padre siempre hizo lo propio.

—Una mujer sabia —dijo ella sonriendo mientras le daba un sorbo al té.

—La más sabia de todas —respondió él con orgullo y un dejo de añoranza en su voz, que le permitió a ella identificar de inmediato que la dama de quien hablaban no se encontraba más en el mundo de los vivos.

—Lamento haberle traído recuerdos dolorosos. Yo no…

—No se preocupe por ello —dijo él guiñándole un ojo y quitándole importancia, su mirada de nuevo con el brillo alegre de siempre—. ¿Puedo preguntarle qué hacía en el bosque, sola y tan tarde? —Ella agachó la cabeza y rió apenada.

—Tuve una discusión con Robb hoy por la mañana. Creo que cuando salí de casa no estaba pensando con claridad, estaba muy enojada y caminé demasiado. Me avergüenza decirlo, pero me extravié. No supe cómo regresar a casa y luego…, luego esa bola de pelos —dijo señalando a *Nzuri*, que dormía enroscada en una manta cerca de Albert— me asustó. Creo que se le está haciendo costumbre buscar refugio en mi cabeza. Pero gracias a ella, usted me encontró.

—Debió tener más cuidado, señorita Andrea, es peligroso caminar solo por tierras desconocidas y salvajes.

—No me rete, Albert. Sé que lo que hice estuvo mal. —Él la miró con detenimiento y después, alzando un poco los hombros y sonriendo de nuevo, dijo:

—Aunque debo decir, señorita, que es usted impresionante.

—¿Yo?

—Sí. Subir y bajar de un árbol con ese vestido es una proeza, y caminar por tanto tiempo con esos zapatos, toda una osadía. —Ella sonrió de nueva cuenta.

—No ha sido nada cómodo. Los pies me matan, y el vestido… supongo que después de tantos años de usar esta clase de prendas una se acostumbra a moverse con ellas.

—Aun así, debió de ser difícil.

—Un poco, sí. —Ambos rieron—. ¿Sabe, Albert? Hoy por la mañana pensaba en mi niñez sobre los árboles, y ahora estoy aquí, después de bajar de uno de ellos, con el corazón aún latiendo agitado por el miedo.

—La situación no fue la más propicia, pero quizás haya una nueva oportunidad, una en la que no sea el miedo quien la empuje hacia la copa de un árbol, una en un momento en el que pueda disfrutar de la vista.

—Sería bueno, aunque dudo mucho que una oportunidad como esa se presente.

—La esperanza debe ser lo último que muera, señorita.

—Quizá tenga razón.

Siguieron charlando por un tiempo. Tratándose con cordialidad, jugando con ironías, como un par de viejos amigos. Pero los minutos pasaban y antes de que fuera más tarde, Albert se puso en pie, le entregó una chaqueta y le ofreció llevarla a casa.

—Espero que Robb no esté muy enojado conmigo.

—Si lo está, estoy seguro de que al verla se le pasará. Debe de estar muy preocupado. —Ella suspiró—. Vamos, no tema, conozco a Robb, puede ser hosco pero no es un mal hombre.

—Pero…

—Vamos. ¿Confía usted en mí? —Ella sonrió.

—¿Tengo opción?

—Puede no hacerlo.

—Sí Albert, confío en usted —dijo con seriedad, y sin más preámbulos se dirigieron al encuentro de Robb.

Capítulo 7

Hay ocasiones en las que una persona pacífica puede perder la cordura con mucha facilidad al sentirse herida. Los sentimientos son una cosa curiosa e impredecible. Pero no me refiero a sentimientos comunes y corrientes. No. Me refiero a aquellos grandes e incontrolables. Los que sientes nacer en el centro de tu ser y con gran rapidez se propagan por todo tu cuerpo hasta llegar a la punta de tus dedos en forma de un ligero temblor, o como un intenso cosquilleo en la boca del estómago. ¿Acaso nunca has sentido ese sudor frío que recorre tu espina dorsal después de un susto o una gran impresión? ¿Acaso no has llorado de felicidad? ¿Acaso no te has sentido herido y tu dolor le ha dado paso a la preocupación para después sentir un intenso vacío que es llenado poco a poco por la tristeza, y esa tristeza, a su vez, termina convirtiéndose en la más incontrolable e irracional de las iras?

La ira, aunque muchos quieran negarlo, es quizá el más natural de los sentimientos del hombre, que toma forma y reacciona cuando uno se siente injustamente herido. No es mala, pero es incontrolable. Brota como espuma y hace hervir la sangre. Nubla la razón y permite que a la mente solo acudan pensamientos de locura y venganza. Y a alguien con un corazón por mucho tiempo herido, a quien recurrentemente se le ha negado un amor por mucho tiempo deseado, después de un momento de severa angustia, solo puede vérsele entre la preocupación, el dolor, la ira y la venganza.

La ira lleva a la desesperación, la desesperación a la locura y la locura a la venganza; entonces, si no me permites amarte, déjame ser tu ira, desesperación y locura, y si ni a eso puedo aspirar, entonces seré yo quien te deje ser la única y más grande de mis venganzas.

*** ******* *** ******* ***

Desde que Robb ordenara la cancelación de la búsqueda, se había encerrado en su estudio, viendo cómo la luz iba, poco a poco, dando paso a la penumbra. Y así, en la más cerrada de las oscuridades se mantuvo sentado, con los pies recargados sobre el escritorio, una copa de whisky en la mano derecha, un pañuelo presionado con fuerza en su mano izquierda y la mirada, de aquellos sus castaños ojos, perdida en algún lugar entre el presente y su pasado.

Después de tanto tiempo, pensaba, debería ya estar acostumbrado a esa clase de humillaciones, pero, precisamente para alejarse de cualquier tipo de humillación había dejado Estados Unidos, para comenzar de nuevo en un lugar en el que nadie lo conociera, en el que nadie recordara los malos momentos que había tenido que soportar por culpa de su familia.

Sí, su familia era acaudalada y muy bien educada, pero su madre tenía la tendencia malsana de hacerlo pasar por el más incompetente de los hombres en cuanta ocasión considerara conveniente, y su padre no hacía nada por evitarlo. En pocos años pasó de ser el prometedor primogénito de los Lawrence al hazmerreír de la sociedad estadounidense. Por eso, apoyado por uno de sus más prominentes parientes, se había ido a África, y en su búsqueda por no ser nunca más humillado había pedido la mano de Andrea Green.

La señorita Green, todo el mundo lo decía, era la mujer más sumisa, educada y hermosa de la ciudad. Con ella se aseguraba una vida pacífica y, ¿por qué no?, incluso podía imaginarse feliz.

Pero su prometida había resultado ser una persona bastante difícil de tratar. Era hermosa, eso nadie podía negarlo, pero era hostil, cínica y quizá también un poco vengativa. No era la dama perfecta que le habían dicho que sería, y se había atrevido a contradecir sus órdenes y humillarlo frente a todos sus empleados. Seguramente en el pueblo ya todos sus conocidos se habrían enterado de lo difícil que le resultaba controlar los desplantes de su futura esposa.

Fue entonces muy sencillo que todas sus amarguras pasadas despertaran dentro de él y, junto con la ira que sentía en el momento, le hicieran sentir como el más miserable de los hombres. Y lo peor de todo era que aunque estaba convencido de que su actitud y sus decisiones habían sido correctas, no podía dejar de sentirse intranquilo y culpable.

Si le pasaba algo a Andrea por no haber ido tras ella jamás podría perdonárselo. Pero ella había sido quién se había ido sin pensar en las consecuencias de sus actos, ¿por qué debía entonces ser él quien se sintiera responsable por las acciones de ella?

Pasaba constante y fácilmente de la preocupación al enojo, y luego a los recuerdos de burlas y dolor que, como consecuencia, le traían más enojo. Estaba furioso y preocupado; y triste… y solo.

¿Dónde se habría metido, Andrea?, ¿estaría bien?, ¿tendría miedo? ¡¡¡Basta!!! Se decía una y otra vez. Ella se buscó sola lo que fuera que le estuviese pasando. Ella, con su actitud altanera e infantil los había puesto a ambos en esa posición, pero, ¡Dios, qué preocupado estaba!, y lo peor de todo: ¡cuánto dolor sentía!

Cualquier sonido que escuchaba le hacía pensar que sería ella que volvía a él, pero su orgullo le impedía mover un solo músculo. Cuando ella regresara lo encontraría allí en el estudio con los pies recargados sobre el escritorio y en las manos un whisky y el pañuelo que ella le había bordado.

La obligaría a pedirle perdón, de rodillas si era necesario, porque nadie nunca más se iba a burlar de él. Sus tiempos como el hazmerreír de su familia y la sociedad que lo rodeaba habían terminado. En África todos lo respetaban y quien se negaba a hacerlo pagaba caro su osadía. Pero ¿dónde demonios se había metido esa mujer?, ¿dónde?

De pronto escuchó pasos acercarse a la casa, voces susurrantes, y una risa, su risa, el tono era inconfundible. En contra de todo lo que había pensado hacer se levantó de su silla y salió corriendo hacia el porche de la casa. Ella estaba bien y regresaba a casa, pero no venía sola, alguien la compañaba.

Entonces su coraje se incrementó aún más si eso era posible. Él había pasado toda la tarde rumiando su ira, muerto de preocupación, y ella se la había pasado tranquilamente con un hombre que no era él, compartiendo con otro las risas que jamás había compartido con él. Y como sucede en los momentos en que nuestras emociones nos sobrepasan, dejó que su furia nublara su razón.

Con un andar, casi marcial, fue al encuentro de la pareja que venía tan divertida caminando con paso tranquilo en dirección a la casa. Cuando Albert lo vio levantó una mano en señal de saludo pero él no volteó siquiera a verlo. Se dirigió directamente a su prometida y no se detuvo hasta que sintió entre sus manos sus delgados brazos.

—¿Cómo te atreves a hacerme esto, Andrea? —le dijo mientras la sacudía enérgicamente.

La impresión le impidió a ella articular palabra alguna, pero antes de que pudiera cobrar conciencia de lo que estaba pasando vio cómo sobre las morenas manos de su prometido se posaban otras completamente blancas que hicieron que la soltarla.

—Un caballero jamás lastimaría a una mujer, Robb, eso tú y yo lo tenemos más que claro. Suéltala. —En el tono de su interlocutor se notaba una ligera advertencia.

—¡Entra a casa Andrea, antes de que pierda la cabeza! —ordenó.

—Pero… —intentó decir ella, pero fue interrumpida cuando él gritó:

—¡¡¡Que entres te estoy diciendo!!!

—¿Te atreves a levantarle la voz a una dama? —le dijo aquel cínico hombre con quien ella había pasado la tarde.

Él, muy molesto pero intentando controlarse, contestó con tono hostil.

—Cuando ella aprenda a comportarse como una dama yo me comportaré como un caballero. Te agradezco mucho que la hayas traído de regreso a casa, pero no eres quién para decirme qué puedo y qué no puedo hacer en mi propia casa. Ahora, si no te molesta, mi prometida y yo tenemos que aclarar muchas cosas.

—Gracias, Al… —intentó de nuevo ella.

—¿No me escuchaste? ¡He dicho que entres! —chilló, luego la vio bajar la cabeza y seguir su camino.

Él mientras, se quedó parado al lado de Albert hasta que la vio cerrar tras de sí la puerta.

—No dejes que la ira te controle, Robb —dijo el rubio. Él lo miró fijamente y después de unos momentos, habiéndolo ya reconocido, dijo fríamente:

—Gracias, si te debo algo por haberla cuidado, por favor házmelo saber.

—Acepto tu agradecimiento, pero no tu dinero. Eso deberías saberlo ya. *Kwaheri.*[16]

—Espera, Albert...

Robb intentó decir algo más, quería agradecerle de verdad, pero su mente y su orgullo hicieron que frenara sus palabras y lo único que pudo decir fue:

—*Polesana.*[17] *Usiku mwem.*[18]

Cuando Robb entró a casa, Andy ya se había encerrado en su cuarto, entonces él optó por regresar al estudio y seguir en la penumbra, con la copa de whisky en la mano derecha y la mirada perdida entre sus recuerdos. ¡Qué enojado y decepcionado se sentía! Pero eso no era tan difícil de manejar. Lo realmente difícil era aceptar el gran dolor que sentía ¡Qué triste e increíblemente doloroso era sentirse así de solo!

---

16 Adiós.
17 Lo siento.
18 Buenas Noches.

Capítulo 8

En algún momento, en estas mismas páginas, relaté la historia de cierto hombre que perdió su hogar y logró reencontrarlo después de algún tiempo en un lugar muy similar a este en el que ahora me encuentro. Pues bien, ese hombre —es ahora momento de confesarlo— llegó a estas tierras no buscando fama, fortuna, ni gloria. No, llegó aquí huyendo cobardemente de su pasado y su dolor.

Vino aquí porque no pudo superar en su propia tierra el dolor que sus pérdidas le habían causado. Vino aquí como un hombre cansado y sin esperanzas, que añoraba su pasado pero que, sabía, jamás podría tenerlo de vuelta, y quería encontrar la forma de mirar hacia el futuro.

Ese hombre del que una vez hablé, aquí conoció amigos que lo ayudaron a superarse y volvió a amar la vida. En determinado momento incluso creyó sentir su corazón vibrar con una resonancia que creía perdida, y sin darse cuenta se permitió soñar de nuevo.

Fue así, en uno de esos momentos de éxtasis que produce un corazón enamorado de la vida y del amor, cuando se dijo a sí mismo que estaba cansado de huir pero no de vivir y, como si nada hubiera sucedido, el dolor que sentía atenazando su alma le dejó paso a una gran paz, una paz que aprovechó para crecer e intentar ser de nuevo feliz. Se prometió superar su destino o caer. Y, para su desgracia, cayó.

El día en que lo hizo amaneció extrañamente sereno. Salió de su choza en busca de aquella mujer que lo hacía suspirar, pero cuando llegó, escuchó un grito que jamás podría olvidar:

«Simba ndany ya nyumba![19]», *una larga melena, un andar discreto y un rugido poderoso. ¡León en casa! ¡León en casa! Una cabellera rubia, un mirar asustado y un grito desesperado.* Simba ndany ya nyumba! *¡León en casa! El rey de la selva protegiendo a su manada y el hombre blanco llorando la pérdida de una persona amada. ¡León en casa! ¡León en casa! Dos ojos humanos.* Simba ndany ya nyumba! *Las fauces felinas. ¡León en casa! Un cuchillo hendiendo el aire.* Simba ndany ya nyumba! *Una garra desgarrando el tiempo. ¡León en casa! Un cuerpo humano y otro felino tendidos en el suelo, cubiertos en sangre.* Simba ndany ya nyumba! *Llantos mezclados con vítores.* Simba ndany ya nyumba! *El rey de la selva ha muerto. ¡León en casa! ¡Que viva el nuevo rey!*

Y así aquel hombre de quien hablé se quedó de nuevo solo. Con el silencio y su dolor. Con una promesa absurda dando vueltas en su cabeza. Nuevos sueños escurriéndose como agua entre sus manos. Un felino muerto a su lado y, en sus brazos, el cuerpo inerte de quien él creía su nuevo amor.

*** ******* *** ******* ***

Andy había esperado recibir el desprecio de Robb como respuesta a su actitud infantil, pero en vez de eso él había seguido comportándose como siempre: seco, frío, quizá un poco más hostil de lo acostumbrado pero bastante normal. En todo

---

19 León en casa.

caso en lugar de sentirlo enojado lo sentía triste o melancólico y eso la hacía sentir molesta y, aunque no quisiera aceptarlo, culpable.

A ella le habían enseñado a comportarse siempre como cualquier dama de alcurnia debía hacerlo, y cuando sintió que su prometido no le daba la importancia que ella creía merecer se comportó más distante; como si hubiese sido ella, y no él, la ofendida, pero él pareció no darse cuenta en absoluto de sus desplantes.

Por las mañanas desayunaba con ella, apenas intercambiando saludos y a veces solicitando el salero o que se le sirviera más café. Por las tardes durante la comida se limitaba a ofrecerle sus cumplidos a la cocinera por su buena sazón, y por las noches simplemente pedía le acercaran la mermelada o solicitaba otra taza de té.

Sus conversaciones con él no eran precisamente vastas. A él no le molestaba pero a ella… A ella esa actitud que él había decidido tomar la ponía furiosa. ¡¿Cómo se atrevía él a ignorarla así?! ¿No se merecía acaso una reprimenda para demostrarle que le importaba?

Cualquiera podía tomarla por loca por esa forma de pensar, pero para ella era algo sumamente natural —que aprendió de la mujer que alguna vez ostentó el título de «madre»—, y comenzó a buscar la forma de lograr que él reconociera que le importaba, de la mejor manera que sabía: enojándolo. Primero con lances sutiles, después con palabras mordaces y finalmente con acciones desesperadas.

Creyó haber logrado su objetivo cuando un día —durante uno de sus tan amenos desayunos—, le pidió a Reth que le enseñará suajili y aseguró que no aceptaría una respuesta negativa. Robb volteó a verlos a ambos con una chispa de ira brillándole en los ojos, pero concediendo finalmente su anuencia.

Él sabía perfectamente bien lo que hacía, se había prometido hacerla sufrir, y en su corta experiencia no había conocido método más efectivo para causarle dolor a una mujer que ignorándola, causando que se sintiera lo menos importante en su vida, o en todo caso, comparándola con una más de sus posesiones. Veía día a día cómo su mujer —porque era así como la llamaba—, se mostraba más hosca, menos amable y, si era posible, incluso menos alegre. Cada día sonreía menos, cada día se encerraba más, cada día era más suya y verla así lo permitía sentirse, sino feliz, al menos sí satisfecho. Eso lo había aprendido viendo cómo su madre y su hermana reaccionaban ante su forma de ser y había decidido usar precisamente esa táctica en vez de una reprimenda.

La noche en que ella había escapado, cruzaron ideas por su mente que iban desde encerrarla hasta enviarla de vuelta a Londres, pero había algo en ella que le impedía alejarla de sí, o quizá simplemente era él quien no quería darse el lujo de ver la sonrisa burlona de su madre cuando le dijera que su «sumisa princesa londinense» había resultado no ser ni princesa, ni mucho menos sumisa.

Desafortunadamente para él, con lo que no contaba era con los alcances de su prometida, quien finalmente logró su cometido al importunarlo durante una cena, frente a todos sus conocidos. Lo humilló públicamente. Sin consideraciones, sin miramientos.

Lo había herido, de nuevo y muy profundamente, frente a todos aquellos que lo conocían y fingían respetarlo; pero lo que más le dolió fue que un par de miembros de su familia que estaban de visita habían sido testigos de todo. Sentir las miradas inquisitivas y socarronas de todos quienes lo veían lo había hecho perder la cabeza.

Con una mirada sumamente intensa e intentando contener el tono de voz que usó, le pidió que lo acompañara afuera mientras los demás seguían disfrutando de la velada. Ella en un principio se negó, pero cuando sintió la fuerza con que la sostenía por el codo para guiarla decidió no oponer resistencia.

Salieron por la cocina, intentando que el trajín de los sirvientes escondiera los gritos que él sentía a punto de salir desde el centro de su pecho. Ella se sentía triunfante pero a la vez temerosa porque no tenía ni la más remota idea de cuáles serían los alcances de Robb, pero lo hecho, hecho estaba, y solo le quedaba enfrentarse a él.

Caminaron un poco para alejarse de la casa y en el momento mismo en que él se detuvo, la primera frase hiriente salió incontenible de su boca golpeándola con más rudeza de la que lo habrían hecho una bofetada o un puñetazo.

—¡Niñata estúpida! —chilló con tono agudo—. ¿Es que acaso no sabes lo que acabas de hacer? No solo me humillaste frente a la gente que nos da de comer, sino que lo hiciste frente a mi familia, y, aunque confío en su discreción, estoy seguro de que esto llegará a oídos de mi madre y, peor aún, de la tuya. ¿Cómo crees que reaccionarán ellas? Yo sé cómo manejar el desprecio de Sara Lawrence, pero ¿cómo demonios harás tú para controlar los desplantes de tu madre? Yo puedo con una sola, pero con las dos… ¡jamás! Te creí inteligente, Andrea. Nunca pensé que llegarías a ser tan increíblemente estúpida.

—Te prohíbo que…

—Lamento decirte que no estás en posición de prohibirme nada —arremetió él furioso—. Si hay alguien aquí que pueda prohibir algo, ese soy yo, y me he negado a hacerlo contigo hasta ahora. Te he dejado hacer todo lo que has querido; he intentado que tu estancia aquí sea al menos llevadera, pero a ti eso no te importa nada. Prefieres comportarte como una tonta niña de sociedad, caprichosa y obstinada. Creí que al menos me agradecerías que te hubiera alejado del infierno que era para ti ese lugar al que llamabas «hogar». —Ella lo miró con sorpresa—. Sí, Andrea, ¿acaso me crees tan imbécil como para no saberlo? Odiabas ese lugar tanto como yo odiaba el mío, por eso creí que... ¡tonto! —Suspiró mientras se pasaba las manos por el cabello—. Pero no, tenías que arruinarlo todo y comportarte como lo haces ahora.

—Yo... yo...

—Tú, tú... ¡tú no eres nada! No eres nadie. ¿No te das cuenta? Sin el apoyo de los señores Green en Londres no serías más que otra huérfana cualquiera y seguramente tu situación sería muy desafortunada. —Ella lo miró interrogante—. Sí, señorita, sé que no eres hija de tus padres. Por eso sé que serían pocas tus opciones de supervivencia. Quizás tu belleza podría ser una alternativa... —Dio un paso hacia ella.

—¡¿Cómo te atreves?!

Intentó abofetearlo al tiempo que él se acercaba para acariciar el contorno de su mentón, pero no logró golpearlo. Él sonrió irónico y dio un paso atrás, para mirarla con desprecio.

—Quizá no sea el caballero de brillante armadura que habrías deseado, pero sin mi apoyo jamás habrías podido dejar el país en el que creciste. Yo resulté ser mejor opción que tus padres, lo sé, y no me molesta aceptarlo, pero a cambio esperaba al menos que la mujer que prácticamente compré, y a muy alto precio debo añadir, se comportara de acuerdo a sus circunstancias.

»¡Eres mía! Sí, Andrea, me perteneces. Como me pertenece esta casa y todo lo que hay en ella; como me pertenecen los esclavos que trabajan mis tierras; como los animales que adornan mis prados. Es así como me perteneces. Sin mí no eres nadie, sin mí no tienes nada. ¿Y aun así pretendes tratarme como lo vienes haciendo? ¡Eres mucho más estúpida de lo que me pude haber imaginado jamás!

—Te prohi…

—¡¡Te dije que no eres nadie para prohibirme nada!! —gritó de nuevo, sin poder contener su ira, tomándola de los brazos y dañándola al apretar los puños.

—¡Robb, me lastimas! —dijo ella con un gesto de dolor y casi como un gemido.

—¿Y crees que tú no me lastimas a mí? ¿Acaso debo ser bueno contigo cuando tú no has hecho más que herirme desde que llegaste a estas tierras? He hecho todo, absolutamente todo lo que he podido para que disfrutaras de tu estancia a mi lado —mientras hablaba la presión de sus manos se iba haciendo cada vez más fuerte y su mirada reflejaba furia y congoja—, pero tú no te has detenido siquiera para valorar mis esfuerzos y mucho menos has considerado mis sentimientos.

—Por favor —pidió.

—Ahora sí eres sumisa, ¿cierto? Ahora sí me pides las cosas por favor, pero antes, antes… —Al escuchar esas palabras la actitud de ella cambio.

—No creas que pido que me sueltes por sumisión —respondió con altivez, en un susurro amenazante—. Lo hago porque me lastimas, lo hago porque tus manos dejarán marcas en mi piel y si no me sueltas pronto me encargaré de demostrarle al mundo entero la clase de hombre que eres. Saldré todos los días a pasear por las calles de este maldito pueblo, presumiendo los cardenales que seguramente me dejarás como si fuesen la más hermosa de las joyas y…

—¡No te atrevas a intentar…!

Su mano subió instintivamente, surcando el aire en señal de amenaza y como anuncio de una futura bofetada, pero alguien que hasta ese momento se había mantenido escondido entre las sombras se dejó ver y hablando claro hizo notar su presencia.

—La última vez que te vi, Robb, aun eras un hombre civilizado, y si mal no recuerdo, fuiste educado como un caballero.

—¡No te metas en esto!

—Recuerdas aquello que nos decían cuando éramos pequeños, allá en la vieja Escocia, «harás pedazos tu mano contra la pared, pero jamás lastimarás a una mujer», creí que lo habías aprendido bien.

—Los viejos días en Escocia se quedaron a miles de millas de mí.

—Y por lo que veo con ellos se quedaron tu caballerosidad y tu dignidad.

—¡Vete al diablo, Albert! Dime, ¿quién demonios eres tú para hablar de dignidad? Un cobarde que huyó de casa, un vagabundo sin futuro. Un don nadie.

—Tienes razón —dijo el rubio con una sonrisa sardónica—, no soy nadie, pero lo que me enseñaron mis padres jamás podré olvidarlo.

—Eso es porque tú sí tuviste buenos padres, Albert, pero yo... —Se detuvo, respiró y luego continuó—. ¿Cómo demonios llegaste aquí? ¿Acaso nos estás siguiendo? ¿Acaso quieres a mi mujer para ti? Viéndola bien tiene cierto parecido a aquella otra que...

—Estaba fuera y escuché gritos —respondió el rubio tajante—. Confórmate con saber eso. No eres tan importante como para que te siga, Robb.

—¡Imbécil!

—*Asante.*[20]

En un descuido de Robb, Andrea logró soltarse y avergonzada decidió escapar y correr, no en dirección a la casa, sino a los campos que estaban tras ella.

---

20 Gracias.

—¡Espera! —gritaron ambos pero ella no se detuvo.

Como pudo, mientras se alejaba de ellos, se quitó los zapatos, pero en ningún momento frenó su carrera, principalmente porque los escuchaba a ambos correr tras ella y no tenía la más mínima intención de permitir que la alcanzaran. Corrió por varios minutos y luego tropezó con algo y cayó.

Tumbada como estaba en el suelo, llena de tierra y polvo escuchó pasar a un primer hombre que gritaba su nombre, era Robb, con su voz ronca, enojada y compungida. Siguió un tiempo así, esperando, y cuando dejó de oírlo intentó ponerse en pie. Tenía las rodillas lastimadas y los tobillos doloridos, pero comenzó a caminar renqueando en la dirección que creía haber tomado antes.

Había dado solo un par de inseguros pasos cuando frente a sí vio una silueta que reconocía. Él se acercó, caminando lentamente, y la miró con detenimiento, una chispa de ira brillando en sus ojos. Sin decir una sola palabra la levantó del suelo y así, en sus brazos, decidió llevarla a casa para atenderla, curarla y convencerla de que había cometido un error.

Capítulo 9

No dijo nada. Durante todo el tiempo que caminó estuvo sumido en un profundo mutismo. Ni siquiera volteó a verla. Parecía enojado y preocupado; aunque si lo veía bien se asemejaba más a alguien perdido en sus recuerdos, con la mirada ausente y recorriendo un camino que había transitado muchas veces y conocía prácticamente de memoria.

Se dio cuenta de lo fuerte que era. La llevaba en brazos, había caminado por más de diez minutos y su respiración no se notaba agitada, ni sus músculos temblaban por la fatiga. Era como si caminara sin llevar ningún peso extra. Pero ¿por qué no hablaba?, ¿por qué no volteaba a verla? Escuchaba claramente cada sonido de la sabana africana por la noche, escuchaba su respiración acompasada y constante, y el rítmico latido de su corazón, pero él no le permitía escuchar su voz. Ella intentó decir algo, pero ni siquiera el aparente intento por hablar lo hizo voltear a verla, así que decidió callar como él lo hacía.

Finalmente llegaron a su casa. Hábilmente y sin devolverla al suelo abrió la puerta y, después de entrar, delicadamente la sentó en una silla. Sin aún decir nada se dirigió a la cocina, tomó una vasija, la llenó de agua, alcanzó una manta limpia y abrió un par de cajones de los que sacó material médico. Retrocedió sus pasos y se hincó frente a ella.

—La caída que sufrió debe haberle causado heridas en las pantorrillas y rodillas, si no le molesta me gustaría curarla. —Su tono era demasiado monótono y distante—. Pero si cree que es inadecuado puedo curar solamente sus brazos y manos e indicarle lo que debe hacer para curarse usted sola o, si lo prefiere, puedo pedir que alguna dama venga a atenderla.

—Lamento mucho…

—¡No! —La interrumpió—. No quiero escuchar sus disculpas. De hecho, no quiero escucharla hablar. Ha sido usted terriblemente irresponsable, señorita, ¿no se da cuenta de lo peligroso que puede llegar a ser este lugar?

—Yo…

—No diga nada. Solo permítame curarla.

Pasó unos minutos limpiando y aplicando antisépticos en las heridas y rasguños que se había hecho, sin soltar una sola palabra. Finalmente, para terminar su curación, le aplicó un ungüento con apariencia extraña y olor fuerte y desagradable sobre los brazos.

—¡Huele horrible! —exclamó ella esbozando una mueca de desagrado y rompiendo el silencio que él había impuesto.

—Está hecho con hierbas curativas, señorita, no con flores, pero evitará que le aparezcan cardenales —respondió él con un ligero tono de molestia y mirándola fijamente, con desaprobación.

—Entonces no lo quiero —dijo—. Deje que las marcas salgan. Robb nunca debió…

—No, no debió. Pero él es un caballero —aseguró—, solo reacciona como lo hizo cuando lo tratan mal y, si me permite decirlo, usted lo ha tratado con demasiada crueldad. Ha vivido en su casa por suficiente tiempo y aún no sabe nada del hombre con quien va a casarse; de su vida, del porqué de sus decisiones y forma de ser.

—Yo...

—Creo que no se ha dado cuenta de que el mundo no gira en torno suyo. —Eso esperaba escucharlo de cualquiera menos de él.

—¡Cómo se...!

—Robb es un buen muchacho y ha tenido que pasar por momentos muy difíciles, pero usted no sabe nada de eso, ¿me equivoco? No se ha dignado siquiera a preguntarle por qué decidió pasar el resto de su vida en este pueblo. O por qué su familia rara vez le escribe. No. Se ha dedicado a ser miserable con él.

—¿Quién se cree usted para retarme? —arremetió ella a la defensiva. Él sonrió de medio lado y movió la cabeza en forma negativa.

—Como le dije a Robb, no soy nadie, pero no apruebo su actitud.

—¿Acaso le he pedido que lo haga? —De nuevo esa sonrisa sardónica.

—Creo que ya se lo había dicho antes, pero ahora lo confirmo: la creí diferente, pero me doy cuenta de que estaba equivocado. Mucho más de lo que esperaba.

—Le dije que...

—Seguramente no soy quién para decirlo, pero le aseguro que su prometido es un hombre de bien. He tenido la oportunidad de conocerlo desde hace mucho tiempo y aunque puede ser sumamente caprichoso y tosco, es bueno. Usted debería tratarlo un poco mejor. Él no tuvo la fortuna de tener padres amorosos.

—Yo tampoco —intentó defenderse ella.

—Pero estoy seguro de que sus padres al menos fingieron quererla. Él aprendió a vivir con el constante rechazo de su madre y el desapego de su padre. El poco cariño que recibió durante su infancia y juventud provino de una familia que no fue la suya. De su gente lo único que recibió fueron reproches, malas caras y humillaciones. Ha vivido humillado prácticamente toda su vida, por eso vino aquí.

»Aquí la gente que lo rodea al menos finge respetarlo y quererlo. Pero dígame, ¿qué hizo usted desde que puso pie en la tierra en la que él encontró refugio? Humillarlo y provocar que se sienta rechazado de nuevo. No ha intentado siquiera hacerse su amiga. ¿Y así pretende pasar el resto de su vida?, ¿peleando y lastimándolo?, ¿enrabietándose y huyendo cada tercer día?

—Usted no es quién para decirme cómo debo proceder. Usted no...

—Yo no pretendo discutir con usted. Suficiente he tenido por hoy. —Respiró profundamente y continúo—. Nos quedaremos aquí un tiempo más, al menos el suficiente para que Robb se tranquilice un poco y sus invitados se retiren. No quiero hacerle pasar más malos ratos de los que usted ya le ha ocasionado. —Se puso en pie y caminó hacia la puerta—. Enviaré a alguien para que en su casa sepan que usted está bien.

—¡Deje de intentar hacerme sentir mal! —casi gritó—, de una vez le digo que no lo va a lograr.

—No es necesario siquiera que lo intente, puedo ver en su rostro que se ha dado cuenta de los errores que ha cometido esta noche. Eso es más que suficiente para mí. La dejo un momento. En mi ausencia espero que al menos intente recapacitar.

—Deje de...

—No escape de aquí también, se perderá y en esta ocasión no haré el más mínimo esfuerzo por ir en su búsqueda.

Y sin esperar respuesta salió de la casa, dejándola sola y con muchas cosas que decir. Ni siquiera *Nzuri*, que siempre andaba tras ella, le hizo el menor caso, parecía tan enojada como su dueño. Y ella… tenía mucho tiempo desde la última vez que se había sentido tan mal.

Él probablemente tenía razón: durante todo el tiempo que había pasado en África no había hecho más que pensar en sí misma, en su desventura y lo infeliz que era. Robb había reaccionado violentamente, sí, pero ella lo había orillado a comportarse así; al inicio se sintió triunfante por haber logrado enojarlo, pero después le dio miedo y su forma de protegerse fue diciendo cosas que lo lastimaron aún más. Pero no quería aceptar su error. Era más sencillo culpar a alguien más. Siempre resulta más sencillo culpar a alguien más.

Robb regresó a casa después de algunos minutos de búsqueda. Aunque estaba preocupado sabía perfectamente que Albert conocía mucho mejor que él los alrededores y estaba seguro de que ya la habría encontrado, además estaba muy enojado y no quería ser él quien diese con ella.

Entró a la casa y sin que nadie se diera cuenta subió a su recamara para arreglarse. Limpió su traje y zapatos, se echó un poco de agua en el rostro y detrás del cuello para ayudar a tranquilizar su ira y bajó de nuevo para unirse a sus invitados como si nada hubiese pasado. Era sumamente diestro ocultando sus emociones y había aprendido también a mentir y evadir preguntas embarazosas. Aseguró que su prometida estaba bien, pero que después del momento tan incómodo que había pasado se había sentido indispuesta y había decidido ir a su habitación a descansar. Por supuesto, nadie le creyó, pero aceptaron sus argumentos y dejaron el cuchicheo para después.

Él intentó como siempre ser tan buen anfitrión como sus maneras se lo permitían, aunque le estaba resultando un poco más difícil que de costumbre. En muchas ocasiones se descubrió distraído, pensando en ella y lo que había sucedido. Estaba preocupado y no podía negarlo, pero su inquietud cesó cuando una de sus sirvientas discretamente le entregó una nota en la que Albert le hacía saber que ella estaba bien y que la llevaría de regreso en cuanto lo creyera conveniente.

¿Qué iba a hacer con Andrea?, ¿y por qué demonios había tenido que elegirla precisamente a ella? Eran las dos preguntas que con más insistencia asaltaban sus pensamientos. Sus caprichos lo desesperaban, pero lo que más lo exasperaba era no poder obtener una respuesta clara a sus cuestionamientos. No se sentía en control de las cosas y eso lo estaba volviendo loco.

Albert no tardó más de cinco minutos en regresar a casa, cuando entró ella lo miró con detenimiento. Sus ojos se veían apagados, no tenían la chispa de siempre. Se quedó de pie junto a una ventana abierta, aún renuente a dirigirle la palabra y ahora demostrando lo poco que quería verla, fijando su mirada en algún punto del exterior.

—Gracias por ayudarme, Albert, yo… —balbuceó.

—No tiene nada que agradecer —contestó fríamente.

—¡Podría por un momento dejar de comportarse así de distante conmigo! Entiendo que soy una tonta pero eso no le da derecho a tratarme con tanta descortesía. Sé de sobra que usted no es ningún patán así que por favor deje de comportarse como si lo fuera.

—Mi intención no es ser grosero, Andrea, simplemente hoy no ha sido mi mejor día.

—¿Puedo ayudarlo en algo?

—No.

—¿Soy yo la causante de su mal humor? —Él sonrío.

—No, y le recuerdo que no todo gira en torno suyo.

—Ya sé que tengo la tendencia a ser caprichosa, pero no es necesario que me lo eche en cara en todos nuestros encuentros.

—No tendría que hacerlo si usted optara por ser diferente.

—Me gusta ser como soy, y hasta el momento me ha servido.

¿Por qué la trataba de ese modo?

—No, no le gusta ser así, pero ha decidido usar esa armadura. Evita que alguien quiera acercársele y así se mantiene a salvo de corazones rotos y de momentos desagradables. Es solo una careta que utiliza para defenderse.

—¡No es cierto!

—Diga usted lo que quiera, pero he visto miles de veces esa misma actitud en muchas personas, incluso yo la he usado. —Estaba enojado, de eso no cabía duda—. Pero si sigue siendo así de grosera, egoísta e irreflexiva se va a quedar sola y no hay nada peor que estar solo.

—¿Qué puede usted saber de la soledad? —dijo ella poniéndose en pie y acercándose a él para mirarlo de frente—. Siempre rodeado de gente que lo busca y lo quiere.

Él volteó a verla y su mirada fija la instó a retroceder algunos pasos.

—Sé mucho más de lo que usted se puede imaginar. He sufrido más de lo que usted podría soportar, pero no por eso voy por el mundo enrabietándome y humillando a todo aquel pobre infeliz que se cruza en mi camino. Si por un solo segundo dejara de pensar solo en usted y preguntara a los demás algo de una vida que no sea la suya, se daría cuenta de lo amable que ha sido el destino con usted.

—Yo no...

—Usted no se da cuenta de nada, Andrea. Si está sufriendo es porque así lo ha decidido, pero no hace nada por intentar cambiar. Robb le ha ofrecido miles de cosas; tiene en casa a gente que la aprecia y está intentando que se sienta cómoda aquí; y yo, aunque la haya visto en contadas ocasiones, le he ofrecido mi amistad sincera; pero ¿qué ha hecho usted? ¡Nada! Lo ha despreciado a él, no ha volteado siquiera a ver a quienes quieren ayudarla y me ha tomado a mí por su salvador personal.

»Véame, Andrea, soy un hombre como cualquier otro no un rescatista que esté a su disposición. Aprenda a hacer frente a las consecuencias de sus actos y deje de causar problemas. No es usted la única persona en este pueblo que necesita ayuda.

—¿Qué le hicieron? Usted no es así.

—¿Qué sabe usted de mí? —preguntó sumamente irritado, pero ella se acercó y con más calma contestó.

—Probablemente no sé mucho, pero estoy segura de que usted es un hombre amable. Lo noto... ¿triste? —aventuró ella.

—Hay días en los que es muy complicado sonreír.

—No creí que usted pudiera decir algo así.

—Desafortunadamente, no siempre puedo verle el lado amable a las cosas. Como le decía antes, he tenido un muy mal día.

—¿Puedo preguntar qué ha pasado?

—¿Tengo alternativa?

—Puede no responder. —Él sonrió.

—¿Recuerda la frase con la que el señor Walter me saludó la última vez que estuve en su casa? —Ella asintió—. ¡Odio esa frase! Cada vez que la escucho el corazón se me encoge, las manos me tiemblan, un sudor frío recorre mi cuerpo y miles de recuerdos vienen a mi mente. Y hay días en los que la odio con más fuerzas.

—¿Por qué?

—¡Porque me lastima!, confórmese con saber eso.

—Pero…

—Porque «león en casa» ha sido la experiencia más difícil a la que me he enfrentado en estas tierras, porque «león en casa» fue lo último que escuché gritar a alguien a quien amaba… «León en casa» no es para mí un halago, es una tortura. Por eso.

—Lo siento —alcanzó a decir en un susurro.

—Yo lo siento más. —Se pasó una mano por la cara y el cabello y después, como sopesando cada una de sus palabras, continuó—. Andrea, debe entender que no puede ser tan soberbia. La vida le está dando todo lo que puede para ser feliz y lo único que usted tiene que hacer es aceptarlo.

—Yo…

—Por favor, deje de arriesgar su vida de forma tan inconsciente, deje de tratar tan mal a quien quiere ayudarla, procure ver el lado bueno en las personas que la rodean. Esta tierra es hermosa y ayuda a curar corazones heridos, sí, pero las criaturas que en ella viven pueden ser sumamente peligrosas. No les dé la oportunidad de lastimarla.

—Prometo…

—No. No prometa nada. Solo inténtelo.

—Lo haré.

—Eso espero, por su propio bien, señorita. Yo no estaré siempre aquí para apoyarla y puedo apostarle que si usted no cambia, Robb no tendrá suficiente paciencia para seguir a su lado.

—Albert, ¿está usted bien? —Él sonrió y después de un largo silencio contestó.

—Estoy bien, pero Andrea, escúcheme, debe ser cuidadosa, si no lo hace por usted, hágalo por Robb, y si no es por él… hágalo por mí. Se lo suplico. No soportaría ver morir a alguien más.

—No entiendo.

—Algún día lo hará. —Ella asintió aún sin comprender del todo y después dijo:

—¿Puedo agradecerle ahora? —Él sonrió—. ¿Albert? ¿Por qué es usted tan paciente conmigo?

—No lo sé. Quizá porque me recuerda a alguien a quien amé. Probablemente me veo reflejado un poco en usted. Tal vez simplemente he podido ver un poco de quien se esconde detrás de la coraza que tiene como protección. No lo sé.

—Cree que sea muy atrevido pedirle que me dé una oportunidad más y me permita disfrutar de su compañía y amistad.

—Puede contar con ello —aseguró él con una sonrisa cansada—. Usted podrá contar conmigo hasta que alguno de los dos deba partir del África, y si la vida lo permite, incluso después de eso.

La miró por unos momentos y luego sentenció.

—Ahora vamos, es tiempo de regresar. Se lo debe a Robb.

—Me gustaría estar aquí un poco más; no sé cómo enfrentarlo.

—Lo lamento, pero no puedo dejarla quedarse. Es momento de irnos.

—Pero…

—No. Es mi última respuesta. Robb espera. Si no encuentra palabras para disculparse con él, no diga nada. Si es necesario que hable, algo, no sé qué, hará que diga las palabras correctas. Solo deténgase a escucharse a usted misma, la que está escondida detrás de amarguras y caprichos. Él es bueno, lo sé. Todo saldrá bien. Confíe en mí. Ahora, vamos.

—Si no hay más remedio, vamos.

Capítulo 10

La vida, habíamos dicho al inicio de este relato, es generalmente injusta. De algún modo logra hacernos preguntarle día a día un «porqué». No necesariamente un porqué malo, pero siempre debe haber un porqué.

Somos muchos quienes vivimos de porqués. Intentando comprender todo, buscando todas las respuestas, racionalizando todas las acciones, examinando incluso nuestros sentimientos. Nuestra búsqueda constante de respuestas suele ser desgastante y en ocasiones frustrante. Pero ahí estamos, día a día, momento a momento, tratando de explicar lo que nos sucede.

No creo que puedan negar que alguna vez ustedes también se han preguntado ¿por qué a mí?, o ¿por qué no me amó?, ¿por qué de entre todas las personas tuve que fijar mi vista y entregarle mi corazón a alguien así?, ¿por qué no tuvimos más tiempo?, ¿por qué si la vida nos tenía preparada una separación como esta, permitió que nuestros caminos se cruzaran?; ¿por qué existe el sufrimiento?, ¿por qué no se me destinó un poquito más de felicidad?

Sí, lo sé, esas son preguntas importantes que suenan profundamente a corazón roto; pero qué me dicen entonces de ¿por qué existe el arco iris?, ¿por qué los cocodrilos son verdes?, ¿por qué las aves vuelan y nosotros tenemos que quedarnos en tierra?, ¿por qué el límpido mar a veces se camufla con el firmamento?, ¿por qué el cielo azul se pinta de rojos y lilas al nacer y morir el día?, o incluso ¿por qué existen las estrellas?

La vida está hecha de porqués y eso nadie puede negarlo. O ¿pueden acaso hacerlo ustedes?

*** ******* *** ******* ***

—¿Dónde está el señor? —preguntó Andy una vez que hubo llegado a casa.

Albert la había acompañado hasta el pórtico pero, a diferencia de la vez anterior, Robb no había salido a su encuentro. *Mal augurio*, pensó, pero en todo caso se tenía bien merecido cualquier reproche.

—El señor está en su estudio —respondió la mujer a quien Andy se había dirigido.

La rubia asintió e hizo ademán de dirigirse hacia donde su prometido se encontraba, pero la mujer la detuvo.

—El Amo dijo que la vería mañana. Hoy no debe ser molestado. —El rostro de Andy demostró su sorpresa, pero comprendía la actitud de Robb—. Lo lamento, señora —se disculpó la empleada con tono angustiado.

—No. No te preocupes. Yo entiendo. Mañana será. —Se lo merecía, así que sin decir más subió a su alcoba.

Estaba exhausta, había caminado mucho. El cuerpo le dolía por los golpes que había recibido en su inconsciente huida. Tenía sueño, demasiado, y quería dormir para escapar al menos por un momento de su realidad. Se puso un pijama fresco, acomodó las almohadas y se recostó pensando en lo fácil que le resultaría dormir esa noche. Respiró profundamente. Cerró los ojos y… nada. Cambió de posición. Seguramente boca abajo sería más sencillo. Cerró los ojos de nuevo pero no, boca abajo no era tan buena idea, los tobillos le dolían terriblemente estando así. *Posición fetal*, pensó. Se hizo un ovillo, acomodó las manos cerca de su cabeza, cerró los ojos, puso la mente en blanco y: «no todo gira en torno suyo». La voz de Albert se coló en su mente.

Había pasado mucho tiempo ya desde la última vez que alguien la había hecho sentir tan mal con tan poco esfuerzo.

Él no había hecho más que decirle la verdad, pero la verdad no había resultado ser tan amable, y ella había visto a través de sus ojos azules el pequeño monstruo en el que se estaba convirtiendo. En ese momento, estando parada frente a él, no había querido aceptarlo, pero ahora, ahora era completamente diferente.

¿Qué le había pasado?, ¿qué le había empujado a cambiar tanto? Ella había sido una niña feliz y ahora era «eso». ¿En qué momento se había perdido?, ¿cómo había logrado convertirse en una mujer amargada, pedante y grosera? Ella nunca había soñado eso. Cuando era pequeña, soñaba en ser una persona a la que el mundo respetara por su candor, no alguien a quien todos repudiaran por sus actitudes. ¿Por qué había tenido que cambiar como lo había hecho? ¿Por qué no podía haber sido simplemente feliz? Cerró los ojos con más fuerza, abrazó sus rodillas, y entonces, como respondiendo a sus preguntas, un torbellino de recuerdos se volvió su tormento.

El primero que vino a su mente fue, quizá, el más cruel de todos. Recordó a su madre. No, no a la señora Green. Recordó a su verdadera madre: Clarice More, una antigua amiga de su padre. Una hermosa señorita de sociedad que había tenido la desdicha de enamorarse de un hombre que la usó y la dejó en el momento en que se enteró de su embarazo. Una aristócrata caída en desgracia. Una mujer que la había amado profundamente pero que no pudo quedarse con ella, no por falta de amor o decisión, sino por temor al futuro que podía esperarle a su hija si el mundo la reconocía como una bastarda. Ser una huérfana adoptada era un título más amable y menos problemático. Así que la entregó al mejor de sus amigos, alguien que la había amado en secreto y que le permitió estar todos los días al lado de su hija, con tal de poder robarle al tiempo los segundos que sabía que ella jamás le dedicaría a él.

Primero la mantuvo como niñera y luego como institutriz. Andy la había amado como a una madre aun sin saber que realmente lo era. Clarice, con sus cálidos ojos, le dedicaba todas las sonrisas y mimos que la señora Green siempre le negó. Pero una mañana de invierno la fiebre la arrancó de su lado dejándola sola y desprotegida. Su padre ya no la quería tanto ahora que no tenía una razón para hacerlo, y ella era tan parecida a Clarice, con su cabello rubio, sus grandes ojos verdes y su rostro cubierto de traviesas pecas, que el simple hecho de verla lo hacía romper en llanto. Así que poco a poco el señor Green se fue alejando de ella, dejándola en total cuidado de su esposa, pero ¿cómo podía la señora Green amarla si esa pequeña niña le recordaba día a día que el amor de su vida siempre había amado a alguien más? ¿Por qué habría siquiera de intentarlo?

Cualquiera podría pensar que los recuerdos de separación, tragedia o muerte eran los más dolorosos, pero en realidad, a esos estaba relativamente acostumbrada y sabía cómo evadirlos. Eran los recuerdos simples, de momentos comunes, los que la herían más profundamente. Aquellos que hablaban de cosas cotidianas, los de días enteros entre juegos, los que hablaban de momentos felices, los de caricias sinceras y consuelos tiernos; esos eran los que la estaban torturando.

Su mente siguió inundándose de memorias. Memorias que siguieron atacándola, una a una, con un amargo y lento flujo, y el sueño simple y sencillamente la eludió. Esa noche la habitación estaba demasiado llena de pasado y había demasiado ruido dentro de su cabeza como para permitirle pegar ojo.

La madrugada la descubrió despierta, con los ojos irritados, el cuerpo dolorido y un nudo en la garganta. «No lloraré más», se había prometido mucho tiempo atrás y hasta el momento lo había logrado, pero ¡Dios, qué difícil resultaba no dejar salir una lágrima cuando recordaba los sufrimientos a los que había tenido que enfrentarse desde pequeña; cuando su mente le presentaba imágenes sumamente claras de los amores y las felicidades de los que había tenido que separarse!

En cuanto los primeros rayos de sol alumbraron el cielo, la casa despertó, y al escuchar los primeros sonidos de gente moviéndose dentro de la propiedad se puso en pie. Caminó hacia la ventana, observó el exterior por un momento y luego se dejó caer en un mullido sillón. Estaba muy cansada y su cansancio no era solamente físico. Llamó a su asistente de cámara para ayudarla a alistarse, se dio un fugaz baño y poniendo mucho esmero en su arreglo logró ocultar las marcas que la noche anterior habían dejado en su rostro.

Una vez que se sintió lista bajó las escaleras y se dirigió primero al estudio, para asegurarse de que Robb hubiera subido a su recámara a descansar. Al no encontrarlo frente a su escritorio se sintió más tranquila. Quería hablar con él. Necesitaba hablar con él. Pero también la preocupaba que Robb no hubiese descansado.

Albert tenía razón, ella no sabía nada de su prometido y aunque él juraba saber algo de ella, se sentía obligada a contarle un poco más de su vida; quizá al hacerlo, él podría tener una idea más clara del porqué de su forma de ser. Albert le había mostrado que no había sido nada amable con Robb y por lo tanto no estaba en posición de solicitar un trato similar. Sin embargo, si iba a compartir una vida completa a su lado, al menos tenía que buscar la manera de poder tratarlo con cordialidad. ¿Por qué Albert debía tener razón?

Se dirigió a la cocina para ordenar el desayuno y poder comenzar a hacer las paces con su prometido, pero para su sorpresa la cocinera le dijo que el señor había salido muy temprano por la mañana y que había comunicado que no lo esperaran para la comida ni para la cena. La estaba eludiendo. Era claro, pero ¿qué podía hacer ella? Probablemente esperar fuera la mejor opción. Robb necesitaba tiempo para tranquilizarse y ver las cosas desde otro ángulo. Albert había dicho que Robb solía ser un caballero, a menos que se sintiera herido, y ella lo había lastimado mucho.

Suspiró resignada y decepcionada. Pidió le sirvieran un desayuno ligero acompañado de un café negro muy cargado. Entonces se decidió a pasar el día entero dedicándose a las labores del hogar. Quería redimirse y probablemente si Robb veía que ella se esmeraba la perdonaría más rápidamente. ¡Qué tonta se sentía ahora que empezaba a asimilar las verdades que Albert le había lanzado a la cara!

Fue entonces cuando se dio cuenta de lo bella que era la casa en la que vivía. Los salones, los tapices, la iluminación. Todo. El salón que estaba destinado exclusivamente para su uso tenía prácticamente todo lo que podía necesitar. Obviamente estaban las cosas que no le agradaban pero que tenían que estar ahí: aquello que le permitía realizar lo que la señora Green llamaba «labores de una dama», pero también había una selección muy interesante de libros; un hermoso piano vertical espineta —con su respectivo y amplio repertorio de partituras— y en una orilla de la habitación los elementos necesarios para pintar. Los muebles eran cómodos, los colores de la tapicería eran perfectos, la iluminación le daba un aire de tranquilidad delicioso y la decoración era exquisita. Era un salón hermoso y por un momento pensó que ella misma no habría podido decorarlo de mejor manera.

Así pasó el primer día, recorriendo y descubriendo su casa; y también así transcurrió el segundo, y el tercero, luego un cuarto y un quinto. Robb no daba la cara y ella se quedaba a ratos en su salón y a ratos salía a conocer el pueblo. Se despertaba todos los días muy temprano por la mañana para poder alcanzarlo antes de que se fuera al trabajo, y se dormía muy tarde por la noche esperando que él regresara a casa, pero jamás alcanzaba a verlo. En un par de ocasiones incluso se había quedado dormida en la estancia esperándolo, pero ni siquiera eso lo conmovió un poco.

¿Por qué la trataba así? ¿Por qué no le permitía disculparse? Estaba cansada de eso. Ella nunca había hecho algo así por nadie. Sentía que estaba suplicando y no creía merecerse el trato que estaba recibiendo. Pero decidió seguir esperando, Albert le había dicho que cuando llegara el tiempo de hablar ella sabría qué decir y Robb la escucharía. Albert había tenido siempre la razón.

Lo único bueno que resultó de la espera fue que poco a poco fue conociendo al personal que laboraba en su casa. Personas todas que resultaron ser sumamente amables e interesantes. Individuos que tampoco habían tenido una vida fácil pero, extraordinariamente, tenían siempre una sonrisa sincera para ella. Albert tenía razón, de nuevo. Había mucha gente a su alrededor que quería ayudarla a que su tiempo en aquella «luminosa tierra» fuera más llevadero, pero ella había estado demasiado concentrada en sí misma para notarlo. Kesi, la cocinera, resultó ser la más interesante de todas. Una hermosa mujer, en la cuarentena, de grandes proporciones pero realmente hermosa. Entre ella, Reth y la señora Jones la ayudaban a pasar sus días más amenamente de lo que esperaba. Reth, enseñándole su idioma; la señora Jones, manteniéndola acorde a las tradiciones londinenses; y Kesi, bueno, Kesi la hacía reír cada tercer minuto con sus ocurrencias: «*Tabasamu, kidogo mwanamke*»,[21] le decía constantemente, y eso originaba que la casa ya no le pareciera tan triste.

Si tan sólo Albert le hubiese dicho las cosas antes, quizá todo habría sido diferente. ¿Por qué había tenido que ser tan tonta?

Los días siguieron pasando y casi estaba resignada a no ver más a Robb hasta el día de su boda, pero una mañana Kesi, sin siquiera darse cuenta, le contó algo que la hizo sentirse increíblemente estúpida y mezquina. Estuvo a punto de salir corriendo, pero recordó que había criaturas peligrosas en esa tierra y, aunque ya sabía decir algunas cosas en suajili, aún no conocía los alrededores; así que escoltada por Reth se dirigió al lugar en el que trabajaba Robb. ¿Por qué no se había dado cuenta antes?

Fue un poco difícil llegar hasta las oficinas, y una vez que estuvo ahí fue incluso más complicado hacer que Robb aceptara darle una audiencia, sin embargo ella era muy obstinada y logró que aceptara hablar con ella. Había amenazado con sentarse enrollada en el piso frente a la puerta de su oficina, con elegante gracia, hasta que él saliera y le diera la cara. No le dejó opción. Bonita escena sería para sus clientes:

---

21 Sonría, pequeña señora.

él dentro de su despacho y ella montando guardia tirada en el piso. Así que, aunque no le hizo mucha gracia la idea, Robb la dejó pasar.

Cuando entró a la oficina las manos le sudaban y por un momento no supo muy bien qué hacer. La mirada fría que él le dedicó fue una clara muestra de que aún estaba dolido por lo que había pasado, pero...

—¿Qué estás haciendo aquí, Andrea? —soltó con tono molesto—, estoy muy ocupado y no tengo nada que hablar contigo.

—¿Tan ocupado como para no aparecer tantos días por la casa? —Tenía que controlar su yo berrinchudo y caprichoso. Él se sintió atacado.

—¡Y a ti que te importa! ¿Qué quieres?

—Yo... solo... —las palabras se negaban a salir de su boca.

—¿Solo... quieres hacerme perder el tiempo? —preguntó mientras tamborileaba los dedos sobre su escritorio—. No puedo darme el lujo de andarme con jueguitos. Si no tienes nada que decir.

—No, eso no.

—¿Entonces? —Ella respiró profundamente y él la miró con detenimiento.

—Entonces vengo aquí por dos cosas.

—¿Jugar conmigo y humillarme?

—¡Claro qué no!

—Andrea, ¡por Dios!

—¡¿Me dejas hablar?!

—Está bien. Tienes diez minutos. Te escucho.

—Guau, diez minutos, ¡qué amable! —Las palabras salieron sin que pudiera controlarlas y él le devolvió una mirada incluso más fría—. Lo lamento.

—Habla. —Era claro que Robb no estaba para jueguitos.

—De acuerdo. La primera cosa por la que vine es… Robb, quiero disculparme contigo. —Ella lo vio sorprendido—. Me he comportado como una verdadera idiota y sé que te herí. Lamento mucho todo. Solo espero puedas perdonarme y me des la oportunidad de intentar explicar mi proceder.

—No es necesario que expliques nada.

—Yo creo que sí.

—De acuerdo, sea. Pero no ahora. —Ella sonrió. Él no cambió su expresión—. ¿Y la segunda?

—Gracias —dijo ella.

—Tu tiempo está pasando, Andrea —dijo señalando su reloj—, será mejor que hables.

—Gracias —repitió ella.

—Habla entonces.

—Es justo eso Robb. La segunda cosa por la que vine es para agradecerte. Gracias —dijo acercándose un poco y haciendo ademan de tomar su mano, pero él se alejó.

—¿Por darte la oportunidad de explicarte?

—No. Gracias por todo lo que has hecho.

—¿Yo? ¿Y yo qué hice?

—No finjas demencia, Robb. No sé cómo te enteraste, ni como pude ser tan ciega, pero en estos días me he dado a la tarea de recorrer la casa y, extrañamente, es tal y como yo había imaginado que sería mi hogar. La disposición de los espacios, la decoración, la luz, los colores; incluso la fachada blanca con persianas verdes. Los detalles.

—No sé a qué…

—Sé que no es coincidencia, Robb. Sé que debió tomarte mucho tiempo organizar la casa para que fuera tal y como yo las deseaba. Lo que no sé es cómo lo supiste. —Realizó una ligera pausa, tomó su mano y le sonrió—. Lamento no haber valorado tu esfuerzo. ¿Por qué no me lo dijiste desde el principio?

—Yo no…

—Has hecho muchas cosas para ayudarme a sentirme cómoda aquí. Realmente estoy muy apenada por no haber visto todo lo que has hecho por mí y haber pagado tus buenas intenciones con tantas groserías.

—No he hecho nada. No sé de qué estás hablando. —Soltó su mano y se dio la vuelta. Sonrojado.

—Niégalo si quieres, pero… gracias —dijo ella. Se acercó de nuevo a él, le dio un ligero beso en la mejilla y dio la vuelta para retirarse—. Espero que ahora sí llegues a cenar. Tú y yo tenemos mucho que platicar. Si hemos de pasar el resto de nuestras vidas juntos, me gustaría que al menos supiéramos un poco más uno del otro, ¿te parece? —Él sonrió.

—No sé si podré.

—Inténtalo, por favor.

—Yo…

—¿A las ocho?

—A las ocho —respondió él sonriente.

Andy salió de la oficina dejándolo a él profundamente sorprendido y sintiéndose ella mucho mejor consigo misma. Quizá, después de todo, estar prometida con alguien como Robb no fuera tan malo como había esperado. Quizá Albert tuviera razón y ella solo fuera una muchachita malcriada. Quizá Albert… Albert, ¿por qué tenía que estar pensando precisamente en ese momento en Albert? ¿Por qué Albert?

Capítulo 11

Me gustaría decir que siempre he sido un hombre fuerte y de espíritu inquebrantable; que soy uno de los seres más valientes y que hay pocas cosas que me hacen temer o llorar, pero no creo ser tan buen mentiroso. He llorado más de lo que algunos hombres estarían dispuestos a admitir por temor a ser considerados «delicados». He sufrido más de lo que algunos hombres «fuertes» podrían soportar. No hay nada que tema más que el sufrimiento que representa la pérdida de un ser amado. Sin embargo aquí estoy, con el corazón aún un poco roto, pero en pie, como siempre; como me lo enseñaron las personas más importantes de mi vida.

Mi padre en algún momento me dijo que es de valientes admitir su llanto y mi madre terminó la frase diciendo que las lágrimas ayudan a lavar el alma. Mi hermana incluso agregó que el llanto es más saludable que la risa, y más poético. Supongo que si hago caso a las palabras de todos soy sumamente valiente, mi alma está completamente limpia y soy un muy saludable poeta.

¡Los extraño tanto! De pocas personas he podido obtener tanto apoyo y comprensión. Han sido muy pocos los que me han ofrecido un cariño desinteresado y han sido menos aún aquellos que me han aconsejado tan sabiamente como ellos.

Sí, fui el afortunado hijo de mis padres, el adorado hermano de mi hermana y el más preciado tesoro de mi familia. Pero nada es eterno y ellos uno a uno vieron sus últimos días sin que yo pudiera evitarlo.

En ocasiones, cuando más falta me hacen y no puedo soportar estoicamente su ausencia, le ruego infantilmente al tiempo que me permita regresar atrás y cambiar mi vida para poder tenerlos a mi lado, pero siempre que eso sucede escucho en mi interior sus risas y sus voces diciéndome que las cosas suceden por algo y que mi vida es como debía ser; que está bien extrañarlos pero que debo seguir mi camino y que, cuando sea oportuno, llegará el momento en que pueda verlos de nuevo.

No me queda más que aceptarlo, llorar un poco y seguir adelante. Porque bien lo decía aquel sabio escritor indio: «Si lloras por haber perdido el sol, las lágrimas no te dejarán ver las estrellas».[22]

*** ******* *** ******* ***

Al salir de la oficina de Robb, Andy se dirigió directamente a casa, quería hacer algo especial para celebrar que habían hecho las paces y, afortunadamente, la señora Green la había instruido amplia y detalladamente en cómo sorprender a un hombre, de muchas y muy diferentes maneras.

Mientras caminaba iba haciendo un mapa mental de todo lo que tenía qué preparar. Debería decidir cómo arreglar la mesa. Tendría que preguntarle a Kesi qué le gustaba comer al señor, porque ella no tenía la menor idea. ¿Qué tipo de bebidas servir?, ¿preferiría Robb el vino tinto, un *rosé* bien frío o bien *champagne*? ¿Cómo debía vestir?, ¿cuál sería el color

---

22 Tagore, Rabindranath. Filósofo y escritor.

favorito de su prometido?, porque debía arreglarse para él. La vajilla que usaría debía ser fina pero sencilla, ¿tendría una así en la casa? Flores, debía haber flores; seguramente en el jardín habrían algunas que se adecuaran a lo que tenía en mente. En fin, mil cosas que una señorita de sociedad debería planear para impresionar a su pretendiente. En ese momento, su instrucción en «las artes ocultas de la buena esposa» le parecía menos desagradable y sumamente útil. Se sentía incluso un poco emocionada.

Caminó prácticamente sin darse cuenta y antes de que pudiera notarlo estaba viendo la imponente y hermosa fachada blanca con persianas verdes que Robb había mandado pintar especialmente para ella. ¡Qué bello era su hogar!, con sus grandes ventanales, su techo inclinado y el gran pórtico desde donde podía ver la tierra en la que ahora vivía. El pórtico en el que podía imaginarse pasando agradables momentos platicando con alguien durante las tardes. El pórtico en el que había alguien sentado, esperando.

Salió de su ensoñación y caminó con prisa para atender a quien aguardaba por ella. Estaba aún un poco lejos pero parecía ser..., sí, era él. Después de tantos días finalmente reaparecía.

Albert estaba ahí, sentado en una de las bancas, con la mirada clavada en un libro, el viento jugando con su cabello suelto, una de sus manos acariciando su barba, una pila de libros a uno de sus lados y *Nzuri* al otro, escoltándolo y cuidando que nadie interrumpiera su concentración. El animalillo fue el primero en darse cuenta de que ella se acercaba, y en cuanto pudo emprendió la carrera para, como siempre, posarse sobre su cabeza. Ya estaba acostumbrándose a sus juegos. Ya no le asustaba tanto recibir esas muestras de cariño.

En cuanto *Nzuri* trepó por su vestido y se colocó cómodamente entre su cabello ella soltó una carcajada. Fue entonces cuando Albert notó que había llegado. Levantó la vista y ella pudo notar que le estaba siendo relativamente complicado salir del mundo al que se había transportado mientras leía, pero una vez que volvió al pórtico le sonrió y caminó hacia ella haciendo un gesto de desaprobación.

—*Nzuri*, ¿cuántas veces debo decirte que no debes saltar sobre la cabeza de la gente? —Extendió el brazo para que la mofeta se fuera con él—. Buen día señorita Andrea, lamento mucho la bienvenida.

—No se preocupe, Albert, comienzo a acostumbrarme. Creo que si esta pequeñita no corriera hacia mi cabeza cada vez que me ve, sabría que está molesta conmigo —dijo sonriente y estiró una mano para acariciar la cabeza de *Nzuri* que ahora estaba sobre el hombro de Albert—. ¿Está usted esperando a Robb? Si es así, lamento decirle que no regresará hasta la cena.

—De hecho, sí, pero está bien, solo vine a dejar unos libros. Supongo que usted podrá recibirlos.

—¿Robb se los ha prestado?

Él negó con una sonrisa.

—No. En ocasiones lo hace pero no ahora.

—¿Entonces?

—Robb me presta un espacio dentro de su biblioteca para dejar mis libros.

—No entiendo.

—Usted ha visto mi casa, Andrea. —Sonó como una excusa pero su rostro no demostraba nada de vergüenza—. Debe de saber que adoro mi casa, pero no creo que sea el espacio adecuado para guardar libros. Estarían demasiado expuestos a bichos, humedad y cualquier cosa que pudiera acabar con ellos.

—Su expresión seria le pareció a ella bastante cómica.

—Eso creo —respondió intentando imitar la gravedad con la que él había hablado.

—En una ocasión, cuando Robb acababa de mudarse a esta casa, dio una recepción para presentarse a quienes aquí trabajamos; el señor Walter estaba aquí y pasó gran parte de la velada burlándose de mí porque un ratón decidió construir su madriguera con una copia de *La divina comedia* que había traído conmigo desde Glasgow. El libro era bastante voluminoso, lo sé, pero había revistas y periódicos ¡¿por qué tuvo que elegir precisamente uno de mis libros?! Puede usted entender mi molestia. —Ella sonrió—. Robb escuchó todo y fue muy amable al ofrecerme un espacio aquí mismo, en su biblioteca.

—Pobre de usted. Aunque debo decir que Robb sigue sorprendiéndome —dijo ella sobre todo para sí misma—. Pero por favor, pase. ¿Lleva mucho tiempo esperando?

—Mmm, no lo sé, he estado esperando alrededor de... —volteó a ver el libro que tenía entre manos— sesenta y una casi sesenta y dos páginas.

—Supongo que eso debe de ser bastante tiempo. No debió esperar. Si Robb le ha dado acceso a su biblioteca debió pasar sin esperar que alguno de nosotros llegara.

—Habría sido demasiado descortés, señorita, ¿no lo cree?

—Un poco sí, pero habría significado menos tiempo perdido para usted.

Ella sonrió y lo guió hasta la biblioteca. Una vez dentro él se dirigió directamente al que ella supuso era su espacio.

—¿Puedo ofrecerle algo de beber?

—Le agradecería un poco de agua.

—Claro. —Solicitó la bebida a una de sus empleadas y, con curiosidad, observó a Albert mover una mano entre los títulos—. ¿Puedo preguntar cuáles son los suyos?

Él sonrió.

—Ve estos dos anaqueles.

—Sí.

—Todos los que están aquí.

—¡¿Todos?! Son muchos.

—Lo mismo dijo Robb. Creo que he abusado un poco de su buen corazón. Pero créame, no son tantos como quisiera. He estado aquí más de seis años.

—¿Todos sus libros están aquí?

—La mayoría de los que he conseguido en este tiempo y algunos que traje conmigo cuando salí de Inglaterra, aunque hay algunos que guardo en casa. Me resulta difícil dejarlos.

—Pero usted dijo que su casa no era adecuada.

—He creado un área especial para ellos. Una especie de cofre del tesoro anti-humedad y roedores —dijo en tono conspiratorio, y luego sonrió—. Pero no son muchos los que puedo guardar ahí.

—¿Puedo preguntar cuántos?

—Cuatro. —Ella lo miró interrogante. Él sonrió de nuevo y comenzó a enumerar los títulos—. *Otelo*, era el favorito de papá. *Cumbres Borrascosas*, favorito de mamá. Una antología de cuentos infantiles de mi hermana y *Utopía*, mi favorito.

—Una selección interesante —añadió ella intentando sonar versada en el tema.

—¿Ha leído alguno?

—*Cumbres borrascosas* y *Otelo* —respondió ligeramente avergonzada.

—Son buenos, ¿cierto? Sobre todo *Otelo*.

—No es mi favorito, pero debo decir que me ha dado bastantes ideas acerca de cómo destruir a un hombre. —Su tono natural provocó que él soltara una carcajada. Pero después se puso serio y recitó con solemnidad.

—«Señor, temed mucho a los celos, pálido monstruo, burlador del alma que le da abrigo. Feliz el engañado que descubre el engaño y consigue aborrecer a la engañadora, pero ¡ay! infeliz del que aún la ama y duda y vive entre amor y recelo». Ella sonrió, pero al mismo tiempo sintió que el corazón le dio un brinco. Había escuchado esa misma frase algún tiempo atrás de labios de la persona por la que había tomado la decisión de no volver a llorar jamás.

—Se nota que lo ha leído muchas veces —dijo intentando reacomodar sus emociones, pero al parecer no estaba siendo muy diestra en ello.

—¿Está usted bien? —preguntó el rubio, alarmado—. Palideció de un momento a otro.

—Es… No es nada, solo…

—¿Fue por algo que dije o hice? ¿Acaso caminó mucho tiempo bajo el sol? Pudo haberse fatigado en exceso. —Se acercó un poco a ella.

El tono risueño que había tenido durante el tiempo que llevaban charlando se esfumó dejando paso a uno más preocupado y severo.

—Yo…

—Vamos, Andrea, puede confiar en mí. Si la ofendí de algún modo, aun sin darme cuenta, me gustaría saberlo para evitar hacerlo de nuevo. Si es por el clima, también me ayudaría mucho estar al tanto, así sabría cómo atenderla.

—No, no…

—Está bien. No me diga —dijo molesto y comenzó a caminar—. Veo que usted no quiere confiar en mí, siquiera para atenderla cuando se encuentra claramente mal. Fue un gusto verla de nuevo. Tengo que irme. Que pase buena tarde. Llamaré a alguien para que venga a auxiliarla.

—¿Es usted siempre así de impertinente y temperamental o solo cuando quiere hacer sentir mal a la gente? —soltó ella con tono antipático mientras lo veía salir de la habitación.

El enojo, aunque no nos demos cuenta, es generalmente más fácil de expresar que la tristeza o el dolor. Él volteó a mirarla con severidad.

—Que pase buena tarde, señorita. —Hizo una reverencia y comenzó a alejarse—. Espero que se recupere pronto.

—No, Albert, espere. —Ella sabía que se había equivocado y, por alguna razón, no quería que él se fuera enojado, al menos no sin darle una explicación—. Seguramente le va a parecer estúpido, pero si de verdad quiere saberlo, esa frase que dijo me recordó a alguien y...

—Hay recuerdos que duelen y vienen a nosotros cuando menos lo esperamos, ¿cierto? Suelen ponernos mal..., nos quitan el aire.

Ella asintió.

—Me había pasado antes, con aromas o sonidos. Pero nunca con la frase de un libro.

Él sonrió.

—Puedo preguntar...

—Prométame discreción —lo interrumpió.

—No tiene que mencionarlo siquiera. Pero qué le parece si además le prometo una confesión. Un secreto a cambio de otro. Creo que a ambos nos caería bien desahogarnos un poco.

Ella le dedicó una sonrisa triste y le pidió que fueran a la habitación que Robb había adecuado para su uso personal. Una vez dentro le pidió que se sentara y caminó hacia una silla que estaba muy cerca de la ventana, sobre ella tenía un libro. Caminó de vuelta hacia donde Albert la esperaba y dejándose caer pesadamente sobre un mullido sillón, le entregó el libro. Él la miró desconcertado.

—Éste es mi secreto —le dijo y abrió el libro por la primera página. Había una dedicatoria.

Supongo que de todas las historias, esta es la que mejor se aco-pla a nosotros. Fui un estúpido al dejarme derrotar como el Moro de Venecia, pero ahora ya es demasiado tarde. Sé feliz, Andrea. Fue culpa mía. Lo lamento y lo lamentaré siempre.

Tuyo.

—No estoy seguro de entender del todo.

Ella suspiró.

—Antes de que Robb entrara en mi vida, yo me había pro-metido en secreto con otro hombre. —En el rostro de él solo vio sorpresa, ni un ápice de prejuicio—. Éramos dos jóvenes es-túpidos, enamorados y felices, pero sus padres se enteraron de lo nuestro y no aceptaron nuestra relación. Consideraron que yo era muy poca cosa para su hijo.

—Pero...

—Él es el importante primogénito de un noble. De un duque. Heredará todo lo que es de su padre. Su familia jamás permitiría que un hombre de tal importancia desposara a una pobre huérfana.

—No entiendo.

—Supongo que mis secretos son más de uno, y este en particular ha sido uno de los mejor guardados —dijo iróni-ca—. Mis padres me adoptaron cuando era muy pequeña. No pertenezco siquiera a la clase alta. Soy, digamos, un acto de be-neficencia —dijo casi como un gemido—. A él eso parecía no importarle pero a sus padres sí. Fueron muchas las tretas que tramaron para separarnos, y finalmente lo lograron de la forma más sencilla. A él no le importaba mi deshonroso nacimiento, mi falta de fortuna, pero no pudo tolerar la idea de imaginar-me en brazos de otro.

—¿Otro? Sigo sin entender.

Ella le dedicó una mirada cansada.

—Antes de conocerlo, frecuenté a un muchacho al que creí amar. Un idealista que se fue a la guerra dejándome sola con su recuerdo y la promesa de volver para desposarme. Los meses pasaron, y no supe más de él. Al principio recibí sus cartas, pero poco a poco comenzaron a hacerse más esporádicas hasta que terminaron por no llegar más. Lo creí muerto. Lo lloré por mucho tiempo. Hasta que un día, sin querer, cuando ya estaba con…, si me lo permite lo llamaré el hijo del duque, aún me es difícil pronunciar su nombre. —Él asintió—. Cuando ya estaba saliendo con el hijo del duque, me topé con mi soldado al salir de una casa de té.

—¿No murió?

—No —dijo sin levantar la vista del suelo, con un hilo de voz—. Pero la guerra lo cambió. Yo ya no era lo que él quería para su vida y prefirió simplemente ignorarme a hablarme con la verdad.

—¿Pero qué tiene él que ver con esto? —dijo levantando el libro.

—El duque decidió jugar sucio y le hizo creer a su hijo que yo había vuelto a frecuentar al soldado. Intenté convencerlo de lo contrario pero —los ojos se le llenaron de lágrimas, y de inmediato hizo un gran esfuerzo para evitar que salieran— a veces los malditos celos son más poderosos que la verdad y el amor juntos.

Su voz estaba cargada de resentimiento. Tragó saliva pesadamente y guardó silencio por unos momentos intentando recomponerse. Él no dijo nada. No sabía bien cómo reaccionar.

—Si solo me hubiese dejado las cosas habrían sido mucho más sencillas. —Luchaba por contener el torrente de lágrimas que sentía a punto de emerger—. Al sentirse engañado él corrió a consolarse en el alcohol, y su padre le facilitó la compañía de aquella que él quería que fuera su esposa. Cuando Te…, el hijo del duque intentó recapacitar ya era demasiado tarde. La mujer estaba embarazada y tuvo que unir su vida a la de ella y yo…, yo terminé aquí. Con el corazón roto, intentando olvidar mis penas y resignada a pasar el resto de mi vida con un hombre al que nunca antes había visto y del que poco sé, en un país donde ni en mis más locos sueños pensé que viviría.

Las lágrimas, las malditas lágrimas intentaban salir de nuevo. Ella bajó la vista, apretó la mandíbula y los puños. Respiró profundamente un par de veces. Cerró los ojos. Ladeó la cabeza y dejó escapar una larga exhalación.

—Él pudo haberse hecho responsable de la criatura y… —intentó decir el rubio.

—Nunca me habría perdonado que alguien sufriera lo que mi madre y yo sufrimos. No por culpa mía. Ella habría caído en la deshonra y la criatura no tiene la culpa de los actos de sus padres… No podría… No viviría en paz pensando… —Calló de golpe sintiendo que un nudo atenazaba su garganta y su corazón se hacía pequeñito.

—Las lágrimas ayudan a lavar el alma, Andrea. No debería intentar contenerlas. Si lo hace, permite que su corazón se llene de amargura. —La mirada que ella le dedicó no fue precisamente amable.

—Sí, sí, —dijo—, y llorar es más poético que reír. —Su sarcasmo fue una muestra clara del dolor que sentía—. Albert, quizá para ustedes, los hombres, que pocas lágrimas derraman en su vida, llorar es algo bueno en algunas ocasiones, pero creo que ya he llorado suficiente por una vida entera.

»Lloré al enterarme de que no era hija de mis padres. Lloré cuando supe quién fue mi madre, cuando supe que la tuve tan cerca de mí y la vi apagarse como una vela que se ha quedado sin oxígeno. Lloré cuando mi soldado se fue a la guerra. Lloré cuando supe que había vuelto decidido a no amarme

103

más. Lloré cuando el hijo del duque decidió que yo no era digna de su confianza y lloré aún más cuando supe que desposaba a una mujer que no era yo. —Se detuvo un momento y casi gritó—. ¡No pienso llorar más! No por él, ni por nadie de mi pasado.

»Si he de llorar de nuevo será solamente por un dolor físico o, si mi corazón alguna vez lo permite, lloraré de felicidad. Pero no volveré a derramar una sola lágrima por un intento de felicidad fracasado, por un amor que me fue arrancado o por la familia que no tuve.

»No he de llorar más por mis sueños rotos, ni una sola lágrima. ¡No pienso llorar más!

Cuando terminó de hablar estaba de pie, con los puños crispados, temblaba y su respiración estaba agitada. Su vista estaba completamente nublada por el llanto contenido y su voz había adquirido un tono agudo.

—Si me lo pregunta —dijo finalmente él, rompiendo el silencio que ella había impuesto, intentando imprimirle a su voz un tono tranquilo y conciliador—, el enojo también sirve. Pero es menos efectivo. Las heridas tardan mucho tiempo en cicatrizar cuando solo se las atiende con enfado—. Se puso en pie y caminó hacia ella.

—¡No pienso volver a llorar! ¡No quiero hacerlo! —Sonaba como una niña pequeña y obstinada.

Él siguió caminando hasta quedar completamente frente a ella. Posó las manos sobre sus hombros. La miró por unos larguísimos segundos y, antes de que Andy pudiera siquiera prever lo que estaba por hacer, la abrazó. Ella intentó zafarse. Lo empujó una y otra vez, pero él era más fuerte y parecía adivinar sus movimientos. Poco a poco comenzó a sentir cómo su respiración se agitaba y perdía el poco autocontrol que tenía. Su mente dejó de controlar su corazón y en uno de sus últimos intentos por zafarse, sus manos la traicionaron y en vez de alejarlo se aferraron a sus hombros —pasando por su espalda— con fuerza.

Su cuerpo se estremeció mientras dejaba escapar un sollozo y así, abrazada a él, lloró. Después de tanto tiempo y tanto esfuerzo por no hacerlo, lloró. Albert la sostuvo con una mezcla de fuerza y delicadeza, y acariciando su cabello dijo:

—Mis padres, que eran muy sabios, antes de dejar este mundo me dijeron que es de valientes llorar y que las lágrimas ayudan a lavar el alma. Mi hermana, en su lecho de muerte, me recordó que, por irónico que fuera, llorar es más sano y más poético que reír.

»Yo no soy como todos los hombres, Andrea —le dijo en susurros—, he llorado tanto o más que usted, pero eso se lo contaré después. Ahora llore, llore todo lo que quiera. Yo no pienso ir a ningún lado, al menos no por el momento. Llore. *Msichana mdogo analia, yeye analia. Mimi ahadi kila kitu itakuwa vizuri. Msichana mdogo analia, yeye analia.*[23]

---

23 Llora, pequeña, llora. Te prometo que todo estará bien. Llora, pequeña, llora.

Capítulo 12

Había pasado mucho, muchísimo tiempo desde la última vez en que se había permitido el lujo de llorar; porque desde que todo aquello había pasado no había dejado que una sola lágrima saliera de sus ojos y surcara su rostro. Pero ahora, al sentirse de alguna extraña manera protegida por aquel excepcional caballero, no logró contenerse más.

Quizá la lejanía que le había impuesto al mundo entero tenía mucho o todo que ver con lo que estaba pasando. Sabía que si se mostraba hosca e irritable, la gente se alejaría de ella y pocos serían los valientes que intentarían conocer sus secretos. Y más pocos aún serían quienes intentaran hacer lo que él había hecho. Si se comportaba como lo venía haciendo no tendría que enfrentarse a un corazón roto una vez más. Pero jamás pensó encontrarse a alguien que pudiera ver más allá de su máscara de autocontrol y despego.

Un abrazo, un simple abrazo bastó para romper en mil pedazos su aparente fortaleza. Un solo abrazo —proveniente de un hombre al que apenas conocía, con el que había cruzado solo unas cuantas palabras, pero que había tenido el ánimo de acercarse a ella y tratarla con amabilidad— había sido suficiente para despojarla de su fingida frialdad.

Después de tantos años, ahí estaba ella, escondida entre los brazos de un gentil extraño, llorando como una pequeña a la que le han quitado su juguete favorito. La única diferencia era que sus lágrimas nada tenían que ver con una infantil rabieta. En ellas estaban guardados años y años de ira, dolor, decepción y tristeza. Y ella ya no era una niña pequeña, era una mujer a punto de casarse. Sin embargo, en ese preciso momento lo único que quería era recordar que a veces se siente bien llorar simplemente porque quieres; que hay ocasiones en las que uno puede quebrarse sin importar que alguien más pueda juzgarte como un débil o cobarde. Y que existen momentos en los que puedes permitirte el lujo de llorar porque hay alguien a quien lo único que le importa es ayudarte y darte consuelo.

Encerrada en ese sutil abrazo recordó su más tierna infancia, cuando su padre aún la amaba y Clarice estaba ahí para reconfortarla. Recordó a su soldado comunicándole su decisión de irse a la guerra y prometiéndole —en un intento de hacerle sentir mejor— que volvería a su lado. Finalmente por su mente pasaron las imágenes de la última vez en la que el hijo del Duque había hablado con ella para confesarle que uniría su vida con otra.

Lloró con un poco más de fuerza, sintiéndose increíblemente sola y desprotegida; herida y engañada. Pero sus sollozos poco a poco fueron acallados por las tiernas palabras de aquel hombre que la tenía en brazos y las tiernas caricias que le prodigaba. Él no le hacía promesas que no podría cumplir, él no juraba regresar, ni estar siempre a su lado. Simplemente susurraba palabras para reconfortarla. Él no intentaba mentirle, sólo quería ayudarla. De eso estaba segura.

«*Msichana mdogo analia, yeye analia. Mimi ahadi kila kitu itakuwa vizuri*»[24], repetía una y otra vez. Con voz apacible y conciliadora. «*Msichana mdogo analia, yeye analia. Mimi ahadi kila kitu itakuwa vizuri*».

Su respiración tranquila, su pecho cálido, su abrazo protector. Poco a poco las palabras que él decía fueron tomando significado en su mente. El suajili que ella hablaba era casi nulo, apenas había pasado de ser confuso a inarticulado, casi tan perfecto como el de un pequeño que comienza a hablar, pero le sirvió para entender lo que le decía.

Su consuelo era paternal. «Llora, pequeña. Llora», le decía, y era precisamente eso lo que necesitaba: llorar como cuando era una pequeña a la que no le importaba nada lo que los demás pudieran pensar.

Lloraba por dolor. Lloraba por rabia. Pero sobre todo lloraba porque era lo que su corazón le mandaba hacer. Su mente había regido su cuerpo por tanto tiempo; su razón la había vuelto una completa extraña para ella misma. Ya nada quedaba de aquella pequeñita que soñaba con conocer el mundo, que adoraba mirar el cielo estrellado por las noches, que se emocionaba al descubrir el arcoíris después de la lluvia y que deseaba fervientemente algún día ser como un ave y volar libre cruzando el firmamento.

Su mente la había llevado a un punto en el que ya no sabía quién era, y lo peor: no se había dado cuenta de lo desagradable que le resultaba serlo. Hasta ese momento. Su mente la había convertido en lo que ella siempre había odiado y, ahora se daba cuenta, su corazón lloraba intensamente por ello.

Su abrazo era protector, su aroma embriagador. Pero nada en ese momento era más maravilloso que su voz, intensa, pro-

---

24 Llora, pequeña, llora. Te prometo que todo estará bien.

funda y tierna. ¿Cómo podía alguien hacer tanto por una completa extraña? ¿Cómo podía él entenderla así, tan fácilmente?

Su llanto comenzó a cesar. El nudo en su garganta casi se deshizo por completo. La voz de su corazón comenzó a acallarse y en ese momento su mente volvió a intentar ganar el terreno perdido. Respiró profundamente y lo empujó.

—Lamento mucho que haya tenido que ver esto —dijo al tiempo que comenzaba a limpiarse el rostro, avergonzada.

—Míreme, Andrea —dijo él acercándose de nuevo a ella, posando una vez más sus manos sobre sus hombros—. Yo no le diré a nadie que no es usted de piedra. Su secreto está a salvo conmigo.

Ella sonrió.

—¿Cómo lo hace? —dijo, ya sin abrazarlo, pero sosteniendo intensamente su mirada.

—¿Qué cosa? —respondió él con expresión inocente, mirándola a los ojos.

—Esto. Todo. Parece que tuviera usted un poder especial sobre mí. Como si solo con verme entendiera cosas que ni yo misma entiendo. Como si viera dentro de mí.

—Como le dije antes, señorita, yo también he tenido mi parte de sufrimiento en la vida. Yo también he ocultado mis sentimientos bajo una máscara. La mía ha sido menos hostil que la suya, pero no deja de ser una careta.

—Pero…

—No debe avergonzarse de sus sentimientos.

—No son mis sentimientos los que me avergüenzan.

—¿Entonces?

—Es el dolor.

—Sufrir es parte de la vida.

—Lo sé. Pero ¿cómo lo logra?, si en realidad ha sufrido tanto, ¿cómo logra vivir sin resentimientos?

—Resentimientos tengo, y muchos, pero procuro no hacer de ellos el motor de mi vida.

—Me gustaría ser tan fuerte como usted. Me gustaría sonreír tan francamente aun sabiendo que mis sueños de infancia están rotos.

—No soy tan fuerte como cree. Y ¿sabe?, es precisamente saber que mis sueños de infancia están rotos lo que me hace salir adelante.

—¿Cómo?

—Si están rotos, quizás puedo repararlos. —Sonrió, con esa sonrisa suya tan tranquilizadora—. Probablemente en algún momento logre descubrir alguna clase de adhesivo para volver a unirlos.

—Nunca lo había visto desde ese ángulo. Yo simplemente decidí dejar de soñar.

—Andrea, —susurró él con un tono ligeramente afligido—, dígame, ¿qué cree que pasaría si la humanidad se quedara sin sueños?, ¿cree usted que podría seguir viviendo sin tener algo por qué vivir?

—Yo…

Era sumamente complicado no perderse entre sus palabras, el sonido de su voz y el profundo azul de su mirada. Estaba enganchada a él, no de una manera física. Era algo más profundo. Sus ojos tenían una especie de imán para ella. Su aroma era particularmente atractivo. Lo miraba con intensidad y él la correspondía. Por un segundo incluso sintió que el espacio que había entre ellos comenzaba a acortarse. Quizá se lo estaba imaginando pero él se estaba inclinando hacia ella, como si fuera a susurrarle algo al oído. No. Era más bien como si fuera a…

—Disculpe, señorita. —La voz de la señora Jones la tomó por sorpresa—. ¿Tiene alguna indicación respecto a la cena?

—¿La cena?

—El señor dijo que vendría a cenar hoy.

—¿Señor? —Su confusión era clara—. ¡Robb!, cierto. Yo, mmm, la cena.

—Lamento haberle quitado su tiempo, Andrea, será mejor que me retire —dijo entonces el rubio sabiendo que ya nada tenía que hacer ahí.

¿En qué momento había soltado sus hombros? No lo sabía. Pero se lo veía ligeramente azorado. ¿Qué había pasado?

—Espere, Albert, usted dijo que necesitaba hablar con alguien.

—No me sentaría mal, pero ahora usted tiene obligaciones que atender y yo ya le he robado mucho tiempo. Espero verla pronto.

—Espero que así sea. —El momento se había roto. Sabía que debía volver a sus obligaciones, pero no quería que él se fuera—. Mi hermana le sugeriría bolsitas de té sobre los ojos o un paño frío. —Ella sonrió.

—Su hermana y mi madre.

Ella lo miró con detenimiento, él le sonrió y siguió su camino.

—Señora Jones —dijo haciendo una reverencia de despedida a la anciana, quien le respondió con una sonrisa.

—¿Albert? —dijo Andy antes de que él alcanzara a salir del salón.

—Dígame.

—Gracias.

—Estoy a sus órdenes, Andrea.

—Espero algún día poder corresponder todo lo que ha hecho por mí. —Él le dedicó una sonrisa amable.

—Simplemente piense en lo que le he preguntado: ¿podría alguien vivir sin una razón clara para hacerlo? —Sonrió—. Que pase buena noche, señorita. —Y así, sin más, salió.

¿Qué había pasado? ¿Por qué sentía ese vacío en el estómago? ¿Por qué no le había pedido que esperara mientras ella daba las indicaciones necesarias para la cena y regresaba a su lado?

De haber sabido que esa sería la última oportunidad que habría tenido para hablar por más de quince minutos con él, no lo habría dejado partir jamás. No sin escucharlo. No sin consolarlo. Y si hubiese tenido la fuerza para acallar por más tiempo a su razón, si se hubiese permitido seguir escuchando a su corazón, habría podido oír la ternura y el sentimiento con la que este susurró su adiós: *«Asante, Albert. Kwaheri. Nakutaka pia».*[25]

---

25 Gracias, Albert. Adiós. Te quiero también.

Capítulo 13

—Disculpe, señora. —La voz de la señora Jones la sacó de su ensimismamiento. ¿Cuánto tiempo había pasado desde que había comenzado a leer? No tenía idea.

—Andy, señora Jones, nada de «señora», por favor. —Sonrió— Dígame, ¿necesita algo?

—Niña, no deberías estar aquí, sola y debajo de un árbol. Si quieres puedo mandar arreglar la biblioteca. Estarías más cómoda ahí.

—No, no es necesario. Aquí estoy muy bien.

—¿Está segura? —La rubia asintió—. Si así lo deseas.

—Así lo deseo —afirmó con una sonrisa—, pero dígame, ¿era eso lo que venía a decirme? —La anciana bajó la vista.

—No, Andy. El señor Lawrence ha venido a verte.

—¿Robb? —preguntó casi en un susurro.

*** ******* *** ******* ***

Habían pasado ya muchos meses desde la última vez que Robb y ella se habían visto y no habían quedado en el mejor de los términos. Él le había asegurado enfáticamente que la odiaba y que no había en el mundo nada de lo que se arrepintiera más que de haberla elegido precisamente a ella como compañera de vida. Se habían lastimado mucho en los últimos meses que pasaron juntos y la sola idea de verlo ahora le causaba desconcierto y… ¿tristeza? Sí, tristeza. La sola mención de su nombre le quitó el aire.

Él no había tenido la culpa de nada, simplemente sucedió que ella no había podido amarlo porque, sin siquiera darse cuenta, su corazón se había entregado a alguien más. Sus manos acariciaron tierna y distraídamente el cuaderno que atesoraba, buscando una protección que sabía perdida, intentando asirse a la presencia que añoraba.

Ella no había querido lastimarlo y él había intentado amarla, pero ninguno de los dos tuvo éxito en su cometido y terminaron por separarse entre discusiones, gritos y afirmaciones que poco tenían que ver con una muestra de cariño.

Robb había usado palabras sumamente hirientes al dejarla y ella no había hecho absolutamente nada para evitarlo. En vez de argumentos o lágrimas, había sacado su sonrisa más humillante y grosera. No había dicho nada pero había visto como su mutismo, acompañado del resentimiento con el que cargó su mirada y la ironía impresa en su sonrisa, lo habían lastimado a él mucho más de lo que las injurias que con tanta delicadeza él le había prodigado la lastimaron a ella.

—Así es, mi niña. ¿Qué debo hacer? ¿Lo hago pasar?

Se largó. La dejó sola en un lugar que aún no conocía del todo. La corrió de su casa. Le aventó a la cara un solo pasaje de barco a Londres. «Para ti o la señora Jones, tú decides», fue lo único que le dijo. Le quitó todo su apoyo y lo peor fue que se llevó a Albert con él.

Robb no era tonto en absoluto y se había dado cuenta, incluso antes que ella, de que el rubio no le era indiferente. Él se lo arrebató sin que ella pudiera hacer nada. Lo había sacado de su vida antes de que él mismo decidiera dejarla. Lo había mandado lejos y ahora regresaba él, solo, después de tantos meses, sin que ella hubiera recibido siquiera la más mínima noticia de aquel por quien moría de ganas de ver.

Aquella noche, después de que Albert se fuera, ella había corrido a preparar todo para que la velada que había planeado saliera lo mejor posible. Había echado mano a las enseñanzas de la señora Green y había recibido a su prometido con una deliciosa cena, una elegante mesa y la mejor de sus sonrisas. Necesario es decirlo, esa noche charlaron como nunca antes, pasaron un momento muy agradable, pero había algo que no casaba del todo. La charla no fue tan fluida como esperaban y, a menudo, se veían forzados a sacar a flote cualquier tema que les permitiera llenar los silencios incómodos.

No tenían nada en común. Cuando ella intentó hablarle de poesía, él desechó el tema tachándolo de aburrido y declarándose un completo ignorante al respecto. Cuando él intentó hablar de los beneficios que el pueblo inglés podía sacar de África ella se sintió profundamente ofendida por las palabras que había usado; quizá si hubiese planteado el mismo tema de una forma distinta le habría parecido menos grotesco. Sus gustos musicales no eran siquiera similares. Sus gustos literarios no podían ser más opuestos. Uno pensaba que el arte era tan necesario como el aire y el otro lo consideraba una pérdida de tiempo.

No. No estaban destinados a estar juntos. No podían estarlo. Al menos eso era lo que continuaba pensando ella. ¿Cómo podía pasar el resto de su vida unida a una persona que era tan radicalmente diferente a ella? Podía imaginarse peleando cada tercer día por cosas insignificantes. Podía verse sentada en el pórtico de esa bella casa disfrutando de la vista, sí, pero él no estaba a su lado. Cualquier imagen que su mente creaba la ponía en un lugar distinto, pero nunca junto a él, a menos que fuera discutiendo. ¡Qué miserable sería! ¡Qué miserables se harían!

Robb intentaba sonreír con sinceridad pero ella, experta en sonrisas falsas, se daba cuenta del gran esfuerzo que significaba para él intentar arreglar las cosas, conocerla y convencerla de que podían estar juntos. Ella, por su parte, hacía lo propio intentando convencerse sola. Pero a cada minuto se percataba más y más de lo obvio: no sería feliz. Tendría una vida cómoda y compartirían momentos agradables, sí, pero no veía en él a un amigo o a un confidente. No lograba, por más que lo intentaba, verse abrazada a él, contándole sus penas y llorando recargada en su hombro. Aunque lo intentara con todas sus fuerzas no alcanzaba a crear en su mente una imagen suya, con los cabellos blancos y la piel arrugada, sosteniendo una mano de piel morena con marcas del paso del tiempo similares a las que tendrían las suyas. Simplemente no podía.

Fue a dormirse esa noche con una sensación de vacío muy extraña, acompañada únicamente por su propia resignación. Y antes de dormirse intentó imaginarse caminando hacia un altar en el que Robb la estaría esperando, pero no alcanzó a hacerlo. ¿Qué iba a hacer? ¿Qué debía hacer? ¿Aceptar todo y seguir adelante? ¿Conformarse o…?

—¿Andy? ¿Debo hacerlo pasar? —insistió la anciana.

—No rugía…, lloraba —murmuró.

—¿Cómo dices? —El desconcierto en la voz de la señora Jones fue evidente y Andy regresó de su ensimismamiento.

—Nada, nada. Solo recordaba algo que alguien me dijo.

—¿Alguien que se fue con el señor pero que no ha regresado? —Andy sonrió.

—Hágalo pasar, señora Jones. Lo atenderé en la biblioteca.

—¿Estás segura?

—Lo estoy. En seguida voy para allá.

«Lloraba», pensó, «solo lloraba».

Capítulo 14

Después de aquel día en el que había abierto su corazón al llanto, había vuelto a ponerse la coraza con la que se protegía, pero no lograba dejar de pensar en lo sencillo que había sido para Albert hacerle bajar la guardia. Recordaba la ternura con la que la había consolado y la calidez de su voz, pero también recordaba que él había dicho que necesitaba charlar con alguien y no habían tenido tiempo de hacerlo; así que, día a día, por alrededor de una semana, lo estuvo esperando pero él no regresó. Optó por salir a buscarlo pero tampoco lo encontró. Se sentía mal porque él había sabido ayudarla en muchas y muy diferentes maneras pero ella no había hecho nada por él. Vaya, no sabía siquiera su nombre completo ni cuáles habían sido las razones que lo llevaron a vivir en África.

Todos los días, por las mañanas, desayunaba con Robb intentando disfrutar lo más posible su compañía, intentando arreglar las cosas entre ellos. Cuando él salía rumbo al trabajo ella lo acompañaba a la puerta para despedirlo y desearle éxito en su jornada, lo veía partir diciéndole adiós con una sonrisa y regresaba adentro. Leía un rato, se encargaba de dar las órdenes necesarias para que la casa y las comidas estuvieran perfectas y luego, acompañada de Reth y la señora Jones, salía a recorrer el pueblo. Su pretexto era descubrir cosas nuevas y aprender tanto como le fuera posible de las costumbres locales, pero en realidad, aunque ella misma no quisiera aceptarlo, secretamente se alistaba todos los días para el nuevo encuentro que esperaba tener con Albert.

Su manejo del idioma se iba haciendo cada vez más fluido y había aprendido a disfrutar los aromas, colores e incluso el clima de la región. Sin darse cuenta había llegado a ver, lo que en un principio le pareció un polvoriento y retrógrada pueblo, como su hogar. Y poco a poco su sonrisa era mucho más sincera que antes. Ahora sí sabía sonreír. Era la primera vez que se sentía tan a gusto. Era el primer hogar verdadero que tenía. Ahora sí le encontraba sentido a eso de «La Tierra de la Montaña Luminosa», pero le parecía triste no poder compartir esa emoción con alguien que en realidad la entendiera. Robb había encontrado ahí un refugio, pero no su hogar. De nuevo la ironía se presentaba en su vida. ¿Dónde se habría metido Albert? ¿Dónde?

Las horas dieron paso a días y los días a semanas, pero de él no había rastro. Finalmente una mañana, cuando ya estaba resignándose a la idea de no verlo más —sí, era una idea exagerada pero se había formado poco a poco en su cabeza—, mientras caminaba cerca de un mercado escuchó un grito familiar «Kinyegele»,[26] se giró y esperó gustosa al animalillo que, sabía, se posaría sobre su cabeza.

Nzuri corrió directamente hacia ella, haciéndole sonreír abierta y sinceramente, y tras el animalillo, Albert se hizo pre-

---

26 Mofeta.

sente. Pero algo no estaba del todo bien. La saludaba con su habitual sonrisa, pero su rostro denotaba cansancio. Marcas oscuras se posaban bajo sus ojos azules y una palidez extraña le daba un tono cetrino a su rostro.

—Señorita —dijo haciendo una ligera reverencia y alargando el brazo izquierdo para que *Nzuri* dejara su rubio y rizado refugio.

—Hola, Albert —respondió ella, intentando no hacer caso a su aspecto y asirse a la idea de que él estaba ahí, frente a ella. Charlando—. ¿Cómo ha estado? Han sido muchos los días desde la última vez que nos vimos.

—Lo sé. —Su voz sonaba distinta—. Mis labores han demandado mi completa atención y han sido pocas las veces en las que he podido venir al pueblo.

—Tenemos una conversación pendiente. —Él hizo una mueca que intentaba ser una sonrisa pero que no alcanzó a presentarse del todo.

—Me encantaría decir que la tendremos, pero ya no estoy tan seguro de eso.

—Quizá pudiera usted aceptar un té hoy por la tarde en mi casa.

—Lo lamento, señorita Andrea, pero debo declinar su oferta. No me será posible robarle más tiempo al tiempo. En verdad tengo muchísimas cosas que arreglar. —Exasperación, a eso sonó.

—¿Está usted bien? Lo noto y escucho… diferente —aventuró ella.

—Debo verme peor de lo que me siento, señorita. No se alarme. He debido llevar a cabo muchas tareas. Es solo cansancio y polvo —dijo deteniéndose un momento para mirar sus ropas. Luego con una sonrisa complaciente continuó—. Se lo aseguro, estoy bien.

—¿Debo creerle?

—Por supuesto que sí.

—Puedo pregun… —Esperaba que él continuara su habitual juego de palabras pero antes siquiera de haber terminado la frase respondió:

—Algunos asuntos demandan mi atención… fuera de África. —Su respiración, la de ella, cesó por un momento—. He estado intentando demorar este viaje tanto como he podido pero ya no encuentro cómo quitarme al señor Walter y otras tantas personas de encima. Había pensado que quizá Robb pudiera tomar mi lugar, pero no hay forma. Debo ser yo.

«¿Robb? ¿Por qué Robb?», pensó.

—Robb puede acompañarme, pero soy yo quien debe partir obligatoriamente. He tenido que arreglar muchos pendientes para dejar aquí todo en orden, aunque para ser completamente honesto, he sido mucho más quisquilloso de lo estrictamente necesario porque no quiero irme. No ahora. Este lugar me da una tranquilidad que creía perdida. No quiero partir.

Por un segundo sonó como un niño pequeño y asustado en busca de consuelo, y ella no supo qué hacer para otorgárselo.

—¿Se va? —Fue lo único pudo articular. «Fuera de África» era la frase que tenía dando vueltas en la cabeza.

—Sí, señorita, me voy.

—Pero usted disfruta mucho al estar aquí. —¿Por qué?, ¿por qué tenía que irse?, ¿por qué ahora?

—Lo sé —suspiró—. Créame, Andrea, nadie mejor que yo sabe lo mucho que disfruto viviendo aquí, pero mis responsabilidades demandan mi presencia en Escocia, Londres y algunas otras ciudades de Inglaterra y Europa; probablemente incluso de América. He hecho todo lo que ha estado a mi alcance para quedarme aquí pero no puedo extender mi estancia por mucho tiempo más.

—¿Por qué se va?

Él sonrió de medio lado.

—Aunque la guerra haya terminado ya, hay aún muchos conflictos sociales, comerciales, políticos. Las personas para quienes trabajo esperan que yo pueda ayudarlos a solucionar algunos de los problemas que se nos han presentado. Por un tiempo creí poder resolverlos desde aquí, pero aparentemente ellos no piensan lo mismo.

—¿Qué pueden necesitar de un capataz en Londres?

Él la vio confundido.

—Se nota que aún hay muchas cosas que desconoce de mí. —Pero ella no lo escuchaba. «Se va», era lo único en lo que podía pensar.

—¿Cuándo? —Las palabras salían casi como gemidos de su boca.

—Pronto. No lo sé aún, pero no creo que pueda demorar mucho más mi partida.

—¿Será mucho tiempo?

—Espero que no.

Miraba al suelo. No levantaba la vista para mirarla y era en parte porque no quería que ella viera lo difícil que le resultaba decir en voz alta que no estaría más en aquella tierra que le había devuelto las ganas de vivir.

—¿Volverá?

—No lo sé.

—Pero usted es el único amigo que tengo aquí —dijo en un tono ligeramente suplicante. Él sonrió aún sin mirarla.

—Tiene a la señora Jones, a Reth…, a Robb.

«Robb no es mi amigo», pensó ella.

—Pero…

—Usted estará bien señorita.

—Pero…

—Debe dejar de usarme como una muleta para su bienestar. La gente debe darse cuenta de que no soy indispensable —dijo con tono triste y ligeramente molesto. Finalmente levantó los ojos y la miró directamente—. Quien debería apoyarla es su prometido, no un extraño un poco loco que vive en una casucha insignificante y pasa sus días enteros en compañía de una mofeta, pueblerinos, animales y su soledad.

—¿Cómo puede decir eso?

—No lo digo yo. Lo dicen otros.

—Creí que no prestaba atención a esa clase de comentarios. Mi padre solía decir que las cosas hay que tomarlas de quien vengan. —«Solía decirlo cuando era feliz y le importaban un pepino las palabras de la alta sociedad», pensó.

—Si una persona te llama tonto, la ignoras. Si lo dicen dos, te ríes. Si son muchas más las que opinan lo mismo comienzas a dudar de la certeza de sus palabras y, a la larga, terminas por aceptar una verdad que no es necesariamente la tuya. —Su mirada cargaba un poco de reproche, pero Andy no logró identificar si estaba dirigido a ella.

—Yo no creo que esté usted loco. Es un poco excéntrico quizá, pero dista mucho de ser un demente. Su casa es pequeña pero es una de las más encantadoras que he tenido la oportunidad de visitar. Creo que es mejor tener a *Nzuri* como amiga que a alguien como el señor Walter. Y créame, entiendo que a veces la soledad es buena compañía. —Sonrió, pero su sonrisa no demostraba alegría.

—Es usted la única que lo cree así. Pero nos estamos desviando del tema. Lo que quiero decir, señora, es que aunque yo sea uno de sus únicos amigos aquí, quizá debería dedicar más tiempo y esfuerzo a desarrollar al menos apego por su prometido y el resto de personas que la rodean.

—¿Qué tiene que ver Robb con todo esto? —dijo ella un poco molesta. Él se iba, la dejaba y ¿quería hablar de Robb? ¡Tonterías!

—Creo que debería tener mucho que ver. Usted va a casarse con él y en vez de dedicar su tiempo a crear una amistad conmigo debería procurar pasar más tiempo con él. —Golpe bajo.

—Estoy intentando hacer todo lo que está a mi alcance, pero él no es... —«Robb no es usted», pensó.

—Sé que él puede ser un poco difícil, pero también he visto lo mucho que se está esforzando. Señora, creo que si usted le dio su palabra debería intentar respetarla. —Ella bajó la mirada sintiéndose regañada—. Tengo poco tiempo, Andrea, pero déjeme contarle algo. Es un cuento africano que me contaron cuando recién llegué aquí.

—¿Y yo para qué quiero un cuento?

—¡Podría dejar por un segundo de ser tan grosera y por una vez en su vida prestar atención a las palabras de otro! —dijo molesto. Ella intentó refutar pero se lo pensó mejor y con la mayor calma posible contestó:

—Lo escucho.

—Hace mucho tiempo, en estas tierras vivió un hombre que estaba atemorizado por un demonio (enorme y furioso) que rugía amenazantemente en un lugar secreto muy cercano a su casa. El temor que sentía lo llevó a buscar el lugar en el que el demonio vivía. Una vez que lo hubo encontrado, mandó construir alrededor de él un monumental muro de acero y fuego y, para mayor protección, apostó en cada esquina del muro a un centinela armado. Necesitaba alejarse del miedo y protegerse. —Suspiró, cerró los ojos por un momento y continúo—. Y así, con el causante de su temor custodiado entre cuatro paredes, le gritó al mundo que jamás volvería a tener miedo. Pero el miedo, el fuego y las armas se mantuvieron siempre cerca de él. El tiempo siguió su curso y un buen día el rumor de esta historia se esparció por muchos lugares, originando la llegada a estas tierras de gente de poblados vecinos.

»Todos tenían curiosidad por ver el gran muro de fuego y acero, y escuchar el temible rugido de la bestia. Pero aunque vieron lo que querían, no lograron escuchar al monstruo que fuego y acero aprisionaban.

»"Amigos", dijo un día el hombre, "hemos logrado vencer. La amenaza está ahora bajo control. Mientras la paz se mantenga, no creo tener una razón para explicar por qué el fuego y las armas deben seguir aquí". Los vítores no se hicieron esperar. Pero solo el crujir del fuego se escuchaba provenir del muro. Entonces llegó la noche y con ella un sutil sonido. Solitario y apagado. Era el primer sonido que salía de aquella prisión. Parecía un murmullo, y fue lo único que se escuchó. Todo el que estaba cerca pudo distinguir entonces que ya no había, y probablemente nunca hubo, nada que temer.

»Las aclamaciones se volvieron lágrimas. Y los gritos gemidos. El demonio no rugía. El demonio lloraba. No estaba rugiendo, ahora lloraba. El monstruo no rugía, Andrea, lloraba.[27]

—Es una historia hermosa, pero... —dijo ella después de pensar un momento, intentando entender por qué le contaba eso.

—Muchas veces vivimos rodeados de temor. Temor al fracaso, al rechazo, a la muerte, al desamor; y muchas veces en vez de llorar, gritamos, peleamos y nos comportamos como verdaderos patanes. La soledad, la tristeza y algunas otras co-

---

27 Inspirado en: Groba, Josh «Weeping». *Awake*, 2006

sas nos hacen crear muros impenetrables para protegernos. Encerramos nuestros miedos entre fuego y acero. Nos protegemos, pero en lugar de hacernos bien, nos destruimos un poco. Usted lo sabe, yo lo sé, y estoy seguro de que Robb también lo sabe. Intente comprenderlo.

—¿Por qué me dice todo esto?

—Me parece que es obvio. —«No tanto», pensó ella—. Robb es como es por los sufrimientos que ha tenido. Usted se refugió en la amargura, yo en la soledad…, él en un fingido desapego.

—¿Tanto afecto le tiene?

—El afecto que se le debe tener a la familia, señora. Ahora debo irme.

—¿Familia? Pero…

—Pero nada —la cortó—. Piense lo que le he dicho.

—¿Volveré a verlo antes de que se vaya?

—Haré lo posible, pero no puedo prometerle nada.

—Por favor. No se vaya sin antes despedirse de mí.

—Andrea.

—*Tafadhali,*[28] Albert. *Kuja kusema kwaheri.*[29]

Él volteó a verla un poco sorprendido.

—*Je, unasema Kiswahili?*[30]

—*Ninasema Kiswahili kidogo tu.*[31]

—Me da gusto que esté aprendiendo e intente integrarse a nosotros —dijo con sinceridad, ella sonrió sintiéndose orgullosa. Después de pensar un poco y con una ligera sonrisa él

---

28 Por favor.
29 Venga a decirme adiós.
30 ¿Habla suajili?
31 Solo hablo un poco de suajili.

dijo—. *Mimi kujaribu.*[32] No puedo prometerle nada, pero lo intentaré.

—Eso es suficiente. Entonces, si usted lo intenta, yo lo estaré esperando.

---

32 Lo intentaré.

Capítulo 15

La tarde era tranquila, el clima fresco y ella se sentía relajada. Ya no era la Andy que fue a África, amargada y resignada. No. Había cambiado. Había sufrido de nuevo, sí. Había visto cómo sus sueños se rompían otra vez. Pero había aprendido a sonreír, a verle el lado amable a las cosas, a quererse a sí misma, y había logrado encontrar razones nuevas para ser feliz. Se había rencontrado con algunos sueños de infancia que había dejado guardados muy, pero muy dentro de su ser, y ahora su fuerza ya no la encontraba en un caparazón de indiferencia, sino en el apoyo de los seres que la querían, a quienes ella adoraba, y en la esperanza de un futuro mejor. Enfrentarse a Robb, después de haberse separado de él, le presentaba una oportunidad para cerrar ese capítulo de su vida. Y esperaba pudieran terminar no como amigos, pero sí al menos como cordiales conocidos.

Él la estaba esperando en la biblioteca, luciendo toda su morena galanura. Enfundado en un traje oscuro, de pie, frente a uno de los ventanales que daban al jardín; con una mano reclinada en el cristal y con la otra jugando distraídamente con un reloj de bolsillo. Perdido como estaba en sus pensamientos, no la escuchó entrar, lo que permitió que ella lo analizara y encontrara en él algunos cambios. El principal: se le notaba en paz.

—Hola, Robb —dijo con el tono más amable que pudo y, por extraño que parezca, sintió auténtica alegría al verlo, sobre todo cuando él se giró para saludarla con una radiante sonrisa.

—Hola, Andrea. Ha pasado algún tiempo.

Sí, había pasado un tiempo. Y había sido muy complicado.

Sin su amparo ni ayuda se encontró atascada en un mundo que había llegado a querer pero que no era del todo suyo. Donde había encontrado un hogar real pero aún se sentía perdida. Su brújula había salido de África antes de que Robb se fuera. Sin ninguno de ellos, fue la gente que le había llegado a tomar aprecio la que la había ayudado, y eso lo agradecía profundamente.

Es curioso ver cómo aquellos que menos tienen son los que están más dispuestos a socorrer a quienes necesitan una mano para salir adelante. Kesi, la alegre, amable y risueña cocinera, le había dado asilo en su choza mientras decidía qué hacer. Reth les llevaba alimentos cuando podía. La señora Jones se negó rotundamente a usar el pasaje de barco que Robb le había dejado hasta que no encontraran una forma de viajar las dos juntas. Los amigos de sus amigos, pueblerinos todos, llevaban todos los días algo para ellas; pero los demás, aquellos acaudalados personajes que habían compartido tantas veces su mesa, que habían alabado en incontables ocasiones su belleza, su elegancia y su refinamiento…, esos le dieron la espalda. Ninguno de ellos quiso enemistarse con un Lawrence y nadie accedió siquiera a hablar con ella.

El rumor de que su prometido la había desconocido fue suficiente para que se la expulsara completamente del círculo social en el que se había inscrito. Era una exiliada. Incluso la señora Green le había enviado una hermosísima y delicada carta en la que le dejaba bien claro que hasta que solucionara los problemas con Robb y el compromiso se retomara, ella se olvidaría de la hija adoptiva a la que había mantenido casi a fuerzas. De su padre nada supo y nada había esperado saber.

—Siéntate, por favor. Puedo ofrecerte algo de beber, ¿un whisky? —dijo señalando un mullido sofá al tiempo que se acercaba a una charola de servicio que la señora Jones había dejado convenientemente a su alcance.

—Agua con hielo estará bien. —Ella sonrió, sirvió un par de vasos y se sentó frente a él—. Andrea, yo…

—Me da gusto verte, Robb. —Lo decía de verdad.

Él simplemente sonrió. Era evidente que no tenía la más mínima idea de qué decir o cómo proceder, pero ahí estaba, intentándolo.

—Aunque no lo creas, a mí también me da gusto verte y saberte bien. Debo decir que es un alivio. Yo… —Su rostro mostraba arrepentimiento y era claro que quería disculparse pero no sabía cómo.

—Cuéntame, Robb, ¿cómo has estado? ¿Has regresado a nuestra tierra de la Montaña Luminosa?

No fue hasta ese momento que se dio cuenta de lo mucho que extrañaba aquel polvoriento, exótico, caluroso y hermoso lugar.

Albert se había ido. Robb la había abandonado. Su madre y el resto de sus conocidos le habían vuelto la espalda y cargaba con la responsabilidad de la señora Jones. Sabía que no podía estar siempre viviendo bajo el amparo de Kesi, Reth y el resto de personas que la apoyaban, pero no tenía ni la más remota idea de qué hacer. Intentó vender lo poco que tenía, pero ninguna dama de alcurnia compraría sus cosas y los nativos no podían pagar lo que ella esperaba. De todos modos se hizo de un poco de dinero —que no le fue suficiente para comprar otro pasaje de barco—, y lo ocupó en comprar algunas cosas para ayudar en la manutención de la casa. Se sentía obligada a hacer algo, pero no sabía qué. Si tan solo hubiese crecido en un ambiente en el que se le permitiera aprender cosas que fueran realmente útiles. La única idea que tenía era implorar ayuda, pero solo pensarlo le dejaba un extraño y amargo gusto a limosna. No, no quería eso. No haría eso. Algo se le ocurriría.

—Aún no —respondió él—. Mi barco zarpa mañana al amanecer. Algunos compromisos han retrasado mi regreso pero ansío estar ya de vuelta. —«Yo también», pensó ella.

—Sé a qué te refieres —contestó con un dejo de añoranza tiñendo su voz.

—Andrea, yo… —Hizo ademán de acercarse a ella para tomar su mano, pero se detuvo.

—Andy, Robb. Mis pocos amigos siempre me han llamado Andy.

Su mirada era franca y su sonrisa sincera. Se acercó un poco y con determinación colocó una nívea mano sobre la de él.

—Después de todo lo que te hice, no creo tener derecho a ser considerado tu amigo. —Sostuvo su mano pero no se atrevió a sostener su mirada.

Era cierto. Le había hecho mucho daño. Pero ella no había sido precisamente amable con él. De algún modo había llegado a entender que cada uno de los actos de Robb había sido el resultado de una acción suya. Él había sido un bruto, sí, pero fue un bruto que había tenido una vida increíblemente complicada y ella no había hecho nada para ayudar a mejorar esa situación.

El día que Robb se fue le juró que jamás iba a volver. Aseguró que había hecho todo lo que había podido por hacerla feliz, por lograr que lo amara, pero no había tenido éxito. La verdad es que muy dentro de sí él sabía que se iba esperando que ella lo detuviera y, si no lo hacía, esperaba que después de un tiempo se diera cuenta de la falta que le hacía y deseara que regresase junto a ella para desposarla. Le rompió el corazón. Ella no podía esperar que él fuera amable si le había causado tanto sufrimiento.

¡Cuánta rabia había sentido al darse cuenta de que su corazón se estaba abriendo a alguien que no lo amaba! Por muchos meses deseó no haber prestado oídos jamás a las palabras del señor Walter, quien lo felicitó efusivamente porque «cualquiera podía ver que la señorita Andrea era feliz y estaba enamorada». ¡Con cuánta alegría regresó a su casa ese día! Incluso se dio el lujo de una ligera cursilería llevándole flores y caramelos.

Se sentía genuinamente feliz. ¡Por primera vez en su miserable vida estaba feliz! Pero cuando llegó a casa ella lo trató como siempre, con cordialidad, pero nada más. Buscó y buscó pero no encontró rastro alguno de aquel amor del que le habían hablado, hasta que en una frase cualquiera, por accidente, mencionó a Albert y vio cómo su rostro se iluminaba. Los ojos le brillaron de una forma que envidió profundamente. Y todo quedó claro: amaba al rubio, no a él.

Casi se volvió loco intentando hacerse a la idea de que estaba equivocado. Tenía que estar equivocado. La había traído desde Inglaterra para estar con él, no para darle la oportunidad de dejarlo. Intentó enamorarla. Intentó hacerla feliz. Desde el principio ideó miles de planes para ganar su cariño. Logró con mucha dificultad hacer que la casa fuera de su agrado. Todos los días dejaba una flor distinta en «su» espacio, pero ella no se dio cuenta jamás. Trató de interesarse por aquello que ella disfrutaba, incluso había comenzado a leer poesía. Pero nunca logró que sus ojos brillaran al verlo a él como lo habían hecho con la sola mención de Albert. La única sonrisa de verdad que lograba arrancarle día a día venía acompañada del nombre de un hombre que no era él. Que jamás sería él. Y sus ojos, cuando lo miraban, siempre se mantuvieron igual. Ni una sola muestra de cariño profundo se manifestaba en ellos, ni siquiera un poquito de comprensión. ¿Cómo podía entonces esperar amor? ¡Qué tonto había sido!

Sabiendo eso, los pequeños trozos restantes de su dolorido corazón se hicieron añicos, y él aceptó la verdad. Su prometida no lo amaba y no lo amaría jamás. Mientras la tuvo enfrente se mantuvo estoico y distante, como siempre, pero una vez que estuvo solo, en la oscuridad de su habitación, lloró como no lo hacía desde que su madre le había dicho que ya era demasiado mayor para correr bañado en lágrimas a abrazar sus faldas. Se dejó caer al pie de su cama y abrazando las sábanas soltó todo el dolor que sentía. ¡Cuánto deseaba sentirse amado!, pero al parecer, ni siquiera el dinero y reconocimiento que había logrado podían comprarle la felicidad. Era rico, era poderoso y la gente lo conocía por ser él, no por pertenecer a su familia. Pero ¿para qué le servía? Por algún tiempo el éxito había sido suficiente, pero ahora, ahora se sentía más solo que nunca. ¡Maldito Walter y sus felicitaciones! ¡Malditos su corazón y sus ilusiones!

Al día siguiente fue a la central de telégrafos y comunicó a la junta directiva de la empresa familiar que no se sentía capacitado para tomar las decisiones importantes que le eran solicitadas y que tendría que ser otro quien se encargara de aquellas labores que le estaban siendo encomendadas. Aseguró que podía seguir a cargo de los negocios en África, pero los demás tendría que atenderlos alguien con mayor experiencia y jerarquía que él.

Esa misma tarde, con una sonrisa de amargura, recibió la noticia de que Albert había sido convocado para solucionar los problemas que había dejado pendientes al salir de Escocia. Labores de las que él había venido haciéndose cargo.

Sí, Albert y él eran parientes. Albert, los padres de él y su hermana habían sido las únicas personas que le habían dedicado un poquito de cariño. Albert era el único familiar al que respetaba y quería de verdad. De haber tenido la oportunidad de tener un hermano, seguramente habría deseado que fuera como él. Lo conocía de toda la vida. Lo admiraba más que a nadie. El rubio lo había protegido en incontables ocasiones de las groserías a las que era sometido por la señora y la señorita Lawrence. El tío Andrew y su esposa, los padres del rubio, siempre tenían un consejo certero y una sonrisa que expresaba orgullo cuando lo veían. Y Rosy —él era el único que tenía derecho a llamarla así—, su hermana, siempre supo cómo consolarlo. Amó a esa familia más que a la suya. Cuando ellos murieron sufrió lo indecible, pero se mantuvo fuerte para apoyar a un Albert que estaba destrozado, que por vez primera necesitaba de él. Por ello, cuando las cosas se pusieron feas y el rubio decidió huir de Escocia tras la muerte de su familia, él ofreció ayudarlo como pudiera. Por gratitud y por cariño. Y cumplió su palabra. Pero no podía hacerlo más. No si su pariente le robaba lo único que él había querido en mucho tiempo.

Se sintió el peor de los hombres al ver cómo Albert sufría con la sola idea de dejar África y regresar al lugar del que había escapado. Notó cómo los recuerdos volvían a atormentarlo y estuvo a punto de arrepentirse y cambiar de opinión. Su conciencia apelaba constantemente al cariño fraternal y al agradecimiento que sentía por él, pero la rabia le ganó a su buen juicio cuando lo vio con su prometida intercambiando miradas tristes e intensas una tarde en la que, agotado de los problemas de la oficina y el constante ir y venir de sus ideas, decidió salir a tomar un poco de aire y caminó cerca de un mercado.

Su prometida estaba enamorada de Albert, y Albert la correspondía, pero ella no se había dado cuenta y él probablemente no quería aceptarlo. ¡Al diablo los remordimientos! ¿Por qué debía él sentirse mal por separar a dos personas que lo estaban lastimando?

—No fuiste el único que cometió errores Robb.

—Pero fui demasiado… —suspiró—, debí haber sabido comportarme mejor.

—Yo también te lastimé.

—Sí, lo hiciste. Pero eso no me daba ningún derecho a tratarte como lo hice.

—Actuaste como cualquier otro lo habría hecho.

—Agradezco que intentes suavizar las cosas, pero todo mundo sabe lo mal que te traté. Te llevé a un lugar que no conocías y te dejé ahí sin detenerme a pensar en nada. Te abandoné. —La miró por un instante y volvió a bajar la mirada—. Aquel hombre que me enseñó qué era la caballerosidad se habría sentido sumamente decepcionado de mí. Una vez que me detuve a pensar todo lo que había hecho…, yo me avergoncé de mí.

—Estabas herido. —Suspiró.

—¿Y eso me daba derecho a herirte? No. Lo que hice estuvo mal. —Se detuvo un momento sopesando sus palabras—. Cuando pedí tu mano, lo hice esperando tener una compañera de vida, alguien con quien compartir alegrías y desventuras. Jamás quise hacerte sentir como un florero que hubiese comprado para decorar mi casa. Pero soy un bruto y nunca supe cómo expresar lo orgulloso que me sentía teniéndote a mi lado. Cada vez que invitaba a alguien a la casa era para presumir de la maravillosa mujer que me había aceptado, no al maniquí que había comprado. Presumía de tu intelecto, de tu belleza, incluso de tu testarudez y mal carácter. Teniéndote a mi lado me sentía mucho mejor de lo que me he sentido nunca.

—Robb.

—Nunca me enseñaron a demostrar mis afectos, Andrea. Gritos y humillaciones, eso fue lo que recibí siendo niño y eso es lo que sé expresar de maravilla. Pero cariño, eso nunca. De verdad lamento mucho todo lo que te hice. Me tortura saber que pude evitarte contratiempos, angustias y lágrimas, pero decidí no hacerlo. Yo...

—Ya te he perdonado, Robb. —Su tono era sereno y honesto—. Sé que todo lo que hiciste provino de la ira. Sé que yo también tuve mi parte de culpa. Yo misma provoqué mucho de lo que sucedió.

—Yo no estaría tan seguro.

—Yo sí.

—Andrea.

—Andy, Robb. Andy. —Él movió la cabeza en señal negativa.

—Las palabras que te dije... Incluso estuve a punto de golpearte.

La había insultado. Le había dedicado las peores injurias que alguien le había dicho jamás, y cuando ella se negó siquiera a contestarle, cuando lo miró con desprecio y sin decirle nada le dejó completamente claro que no lo quería, la tomó por los brazos, la sacudió con fiereza y, como un animal herido, gritó y estuvo a punto de golpearla. Pero no lo hizo. Algo en él se quebró, su sufrimiento quedó expuesto, sus ojos se llenaron de lágrimas, pero contuvo llanto y violencia, y haciendo gala de todo su autocontrol, en lugar de golpearla la corrió. Sacó de la gaveta de su escritorio dos pasajes de barco, hizo pedazos uno y el otro se lo aventó a la cara. Después, a empujones la sacó del estudio y le gritó que a la mañana siguiente se iría muy temprano a trabajar y cuando regresara a comer no quería que en la casa hubiera absolutamente nada que le hablara de ella.

Su convivencia había empezado por obligación, sin que ninguno de los dos supiera absolutamente nada del otro, y había terminado con amargura, con dos personas que se conocían a medias pero que en unos cuantos meses se habían hecho demasiado daño. «Merecido lo tengo por no analizar este negocio a fondo», fue una de las últimas cosas que le dijo antes de dar un portazo y echarla de su vida.

—No sabes cuánto lo siento —le dijo angustiado.
—Tengo una idea. —Sonrió—. ¡Vamos, Robb!, es mejor dejar atrás todo eso. Mírame, estoy bien y tú también. Ambos salimos adelante. Y por lo que veo ambos encontramos también un poco de paz.
—Sí, de una forma extraña pero lo hicimos, ¿cierto? —Una sonrisa, finalmente—. Aun así, quiero redimirme.
—No es necesario.
—Pero quiero hacerlo. Supongo que ya sabes que soy bastante necio. No te daré la oportunidad de negarte. Además, me ha costado un trabajo enorme localizarte para que ahora te niegues a aceptar lo que ofrezco.
—¿Localizarme? No entiendo. Yo pensé que tú…

—¿Qué cosa?

—Fuiste tú quién me trajo aquí.

—¿Yo? —Sonrió—. Me gustaría mentirte, pero ya no quiero hacerlo. No, querida, no fui yo. Cuando me enteré de tu estancia aquí, en Escocia, bueno, fue una gran sorpresa.

—Entonces, ¿quién?

—No lo sé. Probablemente tenga una ligera idea. Esta casa… —sonrió—, pero prefiero no aventurarme a adivinar y equivocarme de nuevo. —Ella lo vio por unos instantes y luego sonrió—. Se me hace tarde, creo que…

—Te escucho.

—Traigo algo para ti. —Entreabrió su saco y de una bolsa interior extrajo un sobre—. Fui un estúpido al creer que siendo tan opuestos podíamos ser felices. Nos hubiéramos hecho pedazos, y en unos cuantos años nos habríamos convertido en un par de ancianos amargados y terribles. —Se detuvo un momento—. Te negué la felicidad que merecías. Espero que con esto pueda ayudarte a rencontrarla. —Andy lo miró desconcertada y tomó el sobre. De inmediato supo a qué se refería—. Él me dio muchas cosas y yo no pude darle algo que quería. Lamento haber sido tan egoísta. Jamás debí separaros.

—Robb, yo…

—Andy, en su momento quise darte la luna, aun cuando ella no me pertenecía. Quise darte mi corazón, pero estaba demasiado deshecho para poder entregártelo. —Colocó sus manos sobre las de ella, la miró con detenimiento y luego con una sonrisa continuó—. Ahora sí tengo algo que puedo darte, aunque no sea mío. Tómalo, acéptalo y sé feliz. —Se quedó muda. No supo qué decir—. Es hora de irme —dijo al tiempo que se ponía en pie—. Prométeme que si hay algo que pueda hacer por ti, me lo harás saber. Sabes dónde encontrarme.

—Robb, yo…

—No te preocupes por mí. Me tomó algo de tiempo, pero he comprendido ya que tú tenías razón, «es imposible que el amor se pueda dar, entre un ave y un caballito de mar».[33] *Kwaheri*, Andy.[34]

—*Kwaheri*, Robb.[35] —Se despidió dándole un beso en la mejilla. Y así, viéndolo partir, cerró ese círculo.

Robb le entregó un par de cosas: pasajes de barco para regresar a África —dos—, y lo más importante, una carta. Después de tantos meses de ignorar su paradero, sin saber si se encontraba bien o qué había sido de él, ahora sostenía una carta en la que, con una letra que ya reconocía, pulcra y clara, Albert había escrito su nombre.

---

33 Lazcano, César. «Caballito de Mar». *El último niño héroe*, 2007.
34 Adiós, Andy.
35 Adios, Robb.

Capítulo 16

Y entonces voló.
  Con alas prestadas recubiertas de acero.
Surcó los cielos.
  Vio al mundo desde las alturas y deseó quedarse así.
Por siempre.
  Pero era un ser humano.
Su lugar no estaba en una suave nube.
  Sus pies demandaban asirse al suelo.
  La tierra firme era el lugar al que pertenecía.
Al lado de sus iguales.
  Así que con tristeza dio un último vistazo al paisaje.
Respiró profundo.
  Y lanzándose en picada regresó a donde pertenecía.
Para no salir jamás.

*** ******* *** ******* ***

Muchas veces los viajes tienen cierto halo de sanación inmerso en ellos. Los buscamos cuando anhelamos aventuras, cuando esperamos salir de la monotonía de nuestras vidas. A veces los usamos para huir de algo o de alguien. En ocasiones nos sirven para rencontrarnos con nuestras ilusiones o con nosotros mismos. A veces son ellos los que nos encuentran a nosotros sin saber cuál es su motivo. De pronto un día estamos tranquilamente leyendo en casa y al siguiente estamos en un auto, un vagón de tren o un barco recorriendo miles de kilómetros, sin saber para qué.

Albert había buscado aventura y sanación, Robb un refugio y ella simplemente se había dejado llevar por un destino con el que estaba en desacuerdo. Pero en ese entonces había estado demasiado cansada y aburrida para pelear siquiera. Si alguien le hubiese dicho que 1918 sería el año en el que atravesaría el océano, viviría en otro continente y conocería a hombres y mujeres que cambiarían su vida y le darían la oportunidad de decirle adiós a su amargura, se habría reído a carcajadas.

Su 1918 empezó con ella zarpando del puerto de Londres, resignada a desposar a un prometedor, atractivo y joven empresario que le ofrecía una vida cómoda en África. Transcurrió en una increíble tierra conocida por todos como La Tierra de la Montaña Luminosa, donde se reencontró con la Andy que ella siempre había querido ser, en donde se había enamorado —sin darse cuenta— del pueblo, de la gente, de su magia y de un increíble hombre —que no era su prometido—. Una tierra de donde había tenido que salir después de haber encontrado una razón para seguir adelante, ayudando a su nuevo hogar, desde lejos. Y terminó con ella arribando al puerto de Edimburgo, en Escocia, para luego tomar un tren que la llevara a su destino final, la hermosa ciudad de Glasgow.

¿Por qué Escocia? Ni ella misma lo sabía, pero unos meses después de que Robb la abandonara, el señor Walter le entregó un par de billetes de barco, dirigidos no a Londres sino a Edimburgo y además billetes de tren hasta Glasgow. No regresaba a casa, comenzaba una aventura nueva. Intentó rehusar la ayuda, pero su aburrido amigo le entregó un telegrama en el que claramente se decía que un viejo conocido —que prefería permanecer en el anonimato— se había enterado de su desventura y los progresos que había hecho desde que se quedó sola y le solicitaba aceptar su apoyo. Al principio le pareció una mofa, pero después le pareció una buena idea.

Londres no era un lugar al que deseara regresar ahora que su «madre» había encontrado una razón para desconocerla oficialmente. África le traía continuamente recuerdos dulces y amargos; amaba profundamente esa mágica tierra y a su gente, pero añoraba mucho a una sola persona.

No. Ni Londres ni África le daban en ese momento lo que quería. Necesitaba descansar un poco de sus tristezas, y se le ofrecía acudir a una academia en la que podría aprender a enseñar. Sí, suena raro, pero su progreso y subsistencia se los debía a la enseñanza.

Había visto cómo la gente que la rodeaba, con medios sumamente limitados, había aprendido a vivir de lo que tenía. Era como si hubiese dentro de ellos un poder tan grande como la naturaleza misma que les daba valor para seguir adelante. Morían un poco intentando sobrevivir. Se sacrificaban pasando largas jornadas bajo el ardiente sol, pero ahí estaban, de pie todos los días. Le dio tanta pena sentirse inútil que deseó fervientemente tener al menos un poco del coraje que veía en ellos. La mayoría de sus nuevos amigos vivía una vida que no había elegido, pero nunca permitían que su sonrisa sincera se desvaneciera y tenían siempre la mano presta para ayudar a quien lo necesitara. Eran admirables. Todos. Entonces una idea loca cruzó su mente. Quizá no fuera tan inútil como pensaba. Porque si ellos podía ser felices sin tener nada, ¿por qué ella no?

Así que, sin saber bien qué hacer para agradecer a las personas que la habían ayudado, decidió comenzar a educar a niños y niñas por igual en las pocas cosas que ella sabía. Sería su forma de pagar. Si no tenía dinero, podía intentar ayudar con los medios que manejaba. Empezó con los hijos de Kesi, un par de niños igual de alegres que su madre, curiosos y llenos de energía; y poco a poco comenzó a tener más pupilos, hasta formar una clase de alrededor de quince chiquillos, unos cuantos adultos y un par de ancianos que llegaban todos los días a buscarla intentando aprender inglés, modales y hasta poesía.

¿Quién lo hubiera pensado? Su instrucción en las oscuras artes de la buena esposa le habían enseñado a tener paciencia. Las tardes de aburrimiento al lado de su madre y su institutriz le habían permitido saber cómo atender a otros y, al parecer, no era tan tonta como creía y sus alumnos siempre perdonaban sus errores al emplear su idioma, incluso la corregían. Enseñaba y aprendía al mismo tiempo. Ya no se sentía como una carga y sabía que, aunque su aporte fuera prácticamente insignificante, de algo podía servir a la sociedad que la había acogido después de que sus fingidos amigos la olvidaron. Ahí, donde estaba, sentía que su valor iba más allá de las apariencias y su rango social. Ella valía no solo por su bello rostro ni por ser hija de sus padres, valía porque era ella. Se sentía bien saberse útil y querida.

Pasaba las mañanas yendo de un lado a otro, persiguiendo a chiquillos revoltosos y divirtiéndose a mares con ellos, escuchando sonrisas, y disfrutando enormemente los relatos y sabios consejos de los ancianos. Los adultos le enseñaban cosas útiles, como la forma correcta de cultivar un pequeño huerto. Se sentía parte de una enorme familia, con hermanitos, tíos y abuelos. Nunca antes había pertenecido a una familia, al menos no a una así de grande, alegre y cariñosa.

Por la tarde ayudaba a Kesi en lo que pudiera, cuidaba de la señora Jones y terminaba siempre su jornada con una lectura frente a una pequeña ventana iluminada solamente por la menguante luz del atardecer.

Mientras el sol alumbraba se sentía útil, querida y feliz. Pero por las noches, cuando el mundo dormía, su mente se mantenía activa, recordándole que Robb la había abandonado. Aunque para ser completamente honestos no era eso lo que le dolía. La atormentaba no haberse dado cuenta de lo mucho que necesitaba a Albert en su vida, hasta que tuvo que decirle adiós. ¿Cómo pudo ser tan tonta? ¿Cómo pudo llegar a quererlo tan pronto y no darse cuenta? Se quedaba dormida todos los días con la esperanza de verlo de nuevo, al menos en sus sueños, mientras contemplaba un cuaderno de notas que él le había dejado sin decidirse a leerlo.

—Deberías entrar al camarote, niña, la noche es fría. No querrás enfermar.

—Estaba recordando.

—Lo imaginé. ¿Has leído ya la carta?

—No. Aún no.

—Pero insisto en que debiste leerla antes de, bueno, cruzar el océano. ¿Y si todo esto es una trampa? ¿Y si él te está pidiendo ir a otro lugar y tú estás aquí, yendo al África de nuevo?

—Robb no haría eso.

—¿De verdad lo crees?

—Sí.

—Pero…

—*Kuna wakati katika maisha ya kila binadamu…*[36]

---

36 Hay momentos en la vida de todo ser humano.

—… En los que es necesario luchar. —Sonrió—. Lo sé, lo sé. Pero ¿no crees que sería más sensato saber todos los detalles de tu lucha?

—Seguramente sí, pero —respiró profundamente— lo dejé partir sin darme cuenta de nada, señora Jones. No quiero leer aún porque… ¿y si me dice que no podrá regresar jamás? ¿Qué pasará si es una carta de despedida? No quiero enterarme de que encontró a alguien más en este tiempo y se olvidó de mí. No quiero saber que fui yo quien creó castillos en el aire y fue solo mi mente la que creyó que mis sentimientos eran correspondidos. No quiero saber nada porque así no me haré falsas ilusiones.

—¿Pero es necesario luchar?, ¿cierto?

—Yo…

—Vamos, niña. Estás aquí, vas a verlo de nuevo. Deja de preocuparte por tonterías. Si te escribió es porque piensa en ti.

—Pero ¿por qué tardó tanto tiempo en hacerlo?

—Quizá buscaba el momento adecuado.

—¿Y no pudo encontrarlo antes? ¿Tenían que pasar tantos meses para que surgiera «el momento adecuado»? —La anciana le lanzó una mirada que más bien parecía una amonestación—. Lo sé, lo sé. Me estoy comportando como una tonta.

—Yo diría que te comportas como la señorita Green. —Sonrió.

—Tengo miedo, señora Jones.

—Lo sé, pero ya estás aquí, entonces lee la carta y prepárate para verlo de nuevo.

—Ha pasado tanto tiempo.

—Y seguramente ambos han cambiado un poco.

—Sí. Pero ¿y si en este tiempo se dio cuenta de que no soy más que una muchachita inmadura? Él es un hombre responsable, inteligente, equilibrado… ¿Y si ya no le gusto sin mi amargura? —La anciana soltó una carcajada.

—Vamos, Andy. ¿Recuerdas su despedida? —La rubia la miró sorprendida.

—Usted ¿Cómo? Yo nunca le conté nada a nadie —dijo sumamente azorada. La señora Jones se limitó a regalarle una sonrisa cómplice.

—Una despedida tan espléndida y aún dudas de que él te quiera. ¡Ah! La juventud y sus inexperiencias.

—Pero…

—Pero nada, niña. Lee la carta, reconoce su carácter, disfruta sus palabras y prepárate para verlo de nuevo.

—Oiga. ¿No estaba usted diciéndome justo hace algunos momentos que quizá esto sería una trampa?

—Bueno, quizá lo sea, pero vamos, creo que me caería bien por un momento llenarme de ideas positivas. Creo que nos caería muy bien a las dos. Recuerda su despedida. ¡Ah! Es tan lindo el amor juvenil —dijo con voz soñadora.

—Yo no…

—Sí, mi niña. Tú sí. El señor Robb lo vio, yo lo vi, tú lo sabes y estoy segura de que el joven Albert también. Nadie puede fingir tan convincentemente un corazón dolorido al momento de decir adiós.

—Yo…

—Solo recuerda, Andy, y por Dios, criatura, entra a tu camarote antes de que te congeles y lee.

Andy vio a la señora Jones alejarse. Esa mujer había sido como un ángel para ella. La había sabido encaminar, la apoyó y lloró con ella. Era su ángel personal. Se quedó un momento más disfrutando de la brisa fría de la noche y al mirar la luna llena sonrió. Se encaminó a su camarote, dispuesta a recordar una espléndida despedida bajo la luz de la luna y leer una carta que seguramente le auguraba un magnífico reencuentro.

Capítulo 17

—Andrea, necesito que organices una buena cena para recibir a algunas personas hoy por la noche.

—¿Esta noche? —Esa clase de reuniones sorpresa la ponían de muy mal humor—. Vamos, Robb, habíamos acordado que me avisarías al menos con un par de días de anticipación. —Su tono era ligeramente de reclamo.

—Lo sé, lo sé. Pero fue algo de último minuto, incluso para mí. —Intentó disculparse.

—Ajá. Supongamos que decido ayudarte —no iba a esconder la poca gracia que le causaba tener que pasar el día completo vuelta una loca para preparar una cena—, dijiste «algunas», define: ¿cuántas personas son «algunas» personas?

—Las de siempre. Unas veinticinco, máximo treinta.

Como respuesta Robb recibió una mirada fulminante.

—No. Las de siempre son quince como máximo. ¿Cómo quieres que haga algo así? ¡Tan pronto! Además, ¿dónde pretendes meter a treinta personas? El comedor no es lo suficientemente grande, los salones estarán atascados y...

—Andrea —dijo él con tono conciliador, mientras tomaba su rostro entre las manos—, sé que algo se te ocurrirá. Eres genial para esto. Confío en que harás de esta velada algo maravilloso. Como siempre.

—Pero…

—No. Sin peros, señorita. Regresaré alrededor de las cuatro para ayudar en lo que haga falta. —«Sí, claro», pensó ella—. Que tengas buen día.

¡Era el colmo!, Robb pretendía intentar mejorar las cosas entre ellos, pero se iba todos los días deseándole una buena jornada y luego le hacía una de estas jugadas para dejarla encerrada en casa. Hacía más de dos semanas que no podía salir a dar un paseo, ¡justo ahora que había empezado a disfrutar de sus visitas al pueblo! Las caras de los empleados eran lo único que había podido ver durante largos días y siempre terminaba tan cansada que cuando decidía «descansar los ojos» no sabía si su siesta se convertía en un sueño prolongado o un coma reducido. Una vez que se quedaba profundamente dormida no había poder humano que la hiciera despertar. La señora Jones muchas veces había intentado levantarla para cenar pero era imposible. Al parecer ser ama de casa estaba resultando mucho más agobiante de lo que había esperado.

A Robb lo veía por las mañanas y a la hora de la comida, pero nada más, el resto del tiempo él estaba en la oficina o en su estudio, y ella, bueno, ella corría todo el día como loca para arreglar lo que su *adorado* prometido le pedía o se quedaba en su habitación ¡durmiendo! Y ahora, el muy descarado, quería una reunión pequeña ¡para treinta personas! ¡Ja! Esa sí había sido buena. Las honorables palabras que las elegantes señoras Lawrence jamás dirían comenzaron a correr con un flujo frenético por su cabeza. Pero no había nada más que hacer. Era su casa, era la prometida del anfitrión y tendría que volver a mostrar su infalible careta de buena esposa para que la cena fuera un éxito. Pero ¡ella aún no era la esposa!, ¿por qué tendría entonces que actuar como tal? De nuevo murmuró palabras poco decorosas y volvió a correr para tener todo listo para la noche.

El día entero lo pasó deambulando por la casa, ordenando la comida que ofrecería, adornando los salones, incluso ayudando a limpiar. Mandó gente al mercado local por carnes, frutas y vegetales para los aperitivos, la ensalada, el plato fuerte y los postres. Robb nunca escatimaba en gastos y nadie diría jamás que ella no sabía cómo establecer el orden que debían seguir los sabores para que un banquete fuera sobresaliente. Arreglar la mesa fue prácticamente una odisea, pero con mucho esfuerzo logró acomodar los treinta asientos que le habían indicado. Corrió, corrió y siguió corriendo, hasta que a las cuatro de la tarde Robb regresó para ayudarla. Aunque, siendo completamente fieles a la verdad, ayudar no es el término adecuado para lo que hizo. Así que antes de que la pusiera más histérica de lo que estaba, lo mandó a arreglarse, y media hora después ella estaba en su recámara alistándose para recibir a sus invitados.

Pensó en recostarse un segundo para descansar sus pies y espalda, pero con sus antecedentes respecto al sueño decidió no acercarse siquiera al diván y mucho menos a la cama. Se puso un vestido fresco de seda verde, que resaltaba la blancura de su piel y el color esmeralda de sus ojos. Decidió usar un maquillaje ligero y discretos accesorios de oro. ¡Eso sí fue sencillo! Todo debería ser así de sencillo. No tardó mucho en estar lista.

Robb pasó a su recámara por ella antes de bajar y le pidió expresamente que luciera un brazalete que él le había regalado. No iba mucho con su atuendo, pero no quería discutir, así que se lo puso.

Antes de las seis de la tarde la feliz pareja estaba ya lista para recibir a sus invitados, y como nadie jamás declina una invitación para comida gratis, aun cuando se tiene los medios para comprar una mejor, los comensales llegaron con una puntualidad inglesa impecable. Para las seis y cuarto la casa estaba llena a reventar de caras conocidas y otras que no había visto antes. Todas portando sus mejores sonrisas fingidas, charlando con cordial hipocresía y mirando quisquillosamente absolutamente todo lo que los rodeaba.

No pudo evitar comenzar a ponerles sobrenombres a medida que se los presentaban, pero ya había aprendido a no dejar que el mal humor la sobrepasara y a responder una mirada arrogante con otra de sutil frescura. Se presentó sonriente, amable, incluso alegre, y en esta ocasión, aunque no de modo consciente, lució toda su belleza y distinción. No por vanidad, sino simplemente porque se sentía confiada de sí misma y extrañamente cómoda.

Alrededor de las siete de la noche se acercó a indicarle a Robb que la cena estaba lista para ser servida, pero él respondió que no podían servir nada hasta que el invitado de honor llegara. A Andy le pareció una impertinencia del dichoso invitado llegar tan tarde, hacerlos a ella y Robb parecer malos anfitriones y molestar con su descortesía a los invitados. Pero ella no era quién para brincarse las reglas de urbanidad, así que seguiría esperando. Y esperó, ¡por casi media hora más!, antes de acercarse de nuevo a Robb para decirle que si seguían esperando la carne iba a estar seca, pero él no le dio importancia y le pidió «seguir disfrutando la velada». ¡Cómo si eso fuera posible! Tanto tiempo invertido para que todo resultara perfecto y tendría que servir comida fría o sobrecocida porque a alguien se le había olvidado que la puntualidad no era un robo de tiempo, sino una muestra de educación.

A eso de las ocho de la noche —mientras ella estaba en la cocina haciendo maravillas para que la cena se mantuviera caliente sin dejar que se cociera de más—, el ajetreo en los salones le indicó que la persona a la que esperaban había decidido que asistir era lo correcto, así que salió disparada para recibirlo con su mejor sonrisa y su mirada más fría. Pero se detuvo de golpe al darse cuenta de que Robb, el resto de los invitados y ella habían estado esperando a la misma persona por motivos completamente diferentes.

El invitado de honor era ni más ni menos que Albert, quien iba —extrañamente— enfundado en un frac negro, con una impecable camisa blanca y un corbatín adornándole el cuello. Llevaba el cabello un poco más corto que de costumbre y el rostro completamente afeitado, sin el más mínimo rastro de su barba. Se lo veía sumamente atractivo, pero tan... cansado, incómodo y hasta triste. Él la vio desde lejos, le dedicó una sonrisa sincera y siguió saludando uno a uno a todos aquellos que se acercaban a él, intentando ineficazmente ocultar su descontento.

Robb también la vio y, con una mirada un poco dura, que ella no entendió del todo, le indicó que era tiempo de servir la cena. Solicitaron a la gente que tomara sus lugares y el banquete comenzó.

Usualmente el invitado de honor debería sentarse al lado derecho del anfitrión, pero en un giro de creatividad, el moreno había sugerido que sería mucho mejor sentarse cada uno en las cabeceras de la mesa, «para mantener la equidad». A Andy no le hizo nada de gracia su sugerencia, pero calló.

Habían pasado ya muchos días desde la última vez que había visto al rubio. En esa última ocasión en que charlaron se lo notaba un poco mejor que ahora. De verdad se sentía mortificada sabiendo que él la había ayudado más de una vez y ella no sabía siquiera qué era lo que lo estaba atormentando. Dejar África no podía ser la única razón. Abandonar un lugar no podía torturar tanto el alma de un hombre como para hacerlo parecer enfermo. ¿Qué le estaba pasando a Albert? Y lo más importante, ¿qué podía hacer ella para ayudarlo? Estaba ahí, en su casa, tan cerca de ella, y Robb lo mandaba al otro lado de la mesa, quitándole una de las pocas oportunidades que había tenido para charlar con él. Quería golpear a su prometido y necesitaba hablar con el rubio.

Durante todo el tiempo que estuvieron sentados —tiempo que le pareció eterno—, comiendo la comida que ella había ordenado y supervisado —que por cierto estuvo caliente y perfectamente cocida—, él se había dedicado única y exclusivamente a comer. No lo vio sonreír un solo instante. Contestaba lo que los demás decían meramente con monosílabos o ligeros movimientos de cabeza, y apenas levantó la vista de su plato. Lo vio tomar más de tres copas de vino, pedir un café para acompañar su postre y levantarse con un vaso de whisky en la mano al terminar la cena, después de haber interrumpido el brindis que el señor Walter había intentado pronunciar en su honor. No sonrió ni pretendió ser amable con nadie. Ni siquiera lo intentó.

Después de que el rubio dejó la mesa —cosa que muchos murmuraron había sido una total insolencia—, todos los demás convidados a la cena comenzaron a recorrer los salones. Ella misma se había puesto en pie; había solicitado a los empleados que levantaran los platos y siguieran sirviendo bebidas y chucherías. Luego comenzó a pasearse de un lado a otro sin quedarse más tiempo del necesario charlando con alguien. Y no lo hacía por grosería, simplemente le resultaba muy complicado concentrarse en conversaciones frívolas cuando su mente no dejaba de traerle el recuerdo de un hombre triste sentado a su mesa.

Jamás lo había visto beber. Nunca lo había visto tan triste. Se notaba que estaba en su casa por obligación, no por interés, ni mucho menos por gusto. ¿Qué le habían hecho? ¿Por qué, y cómo lo habían destruido? ¿Dónde había quedado aquel hombre sencillo y jovial que había conocido unos meses atrás? ¿En qué momento le habían cambiado a aquel mugroso, irónico y alegre capataz por «eso» que tenía enfrente? ¿Desde cuándo era Albert un elegante y amargado caballero? ¿Dónde estaba «su» Albert, el real, el amable, el que ella…?

—¿Dónde demonios se metió ese hombre? —Los susurros de Robb y el señor Walter la sacaron de su ensimismamiento—. Debiste hacer algo mejor, Robb, no es posible que hayas sido tan torpe como para no enterarte antes de cuándo partía.

—Déjame recordarte que ese es tu trabajo. Saber sus movimientos y seguir su rastro.

—¡Pero debiste enterarte antes!

—Vamos, Walter, tú mejor que nadie sabes lo complicado que es seguirle la pista a Albert. ¿Se te extravió por cuánto tiempo? ¿Tres, cuatro años?

—No seas impertinente, muchachito. Ser su mano derecha en estas tierras no te da ningún derecho.

«Un momento», pensó Andy, «¿Robb mano derecha de Albert? ¿Desde cuándo?».

—Me enteré hoy por la mañana. De manera fortuita. Escuché a mis trabajadores comentar que lo echarían de menos y que se iba en el barco que zarpa mañana por la mañana.

«¿Tan pronto y sin despedirse?».

—¡Debió comunicártelo antes!

—¡Seguro! Así como te lo comentó a ti cuando salió de Escocia.

—¡Déjate de tonterías, Robb!

—Albert no es estúpido. Estoy seguro de que aunque todo el mundo haya decidido mantener mi nombre al margen de esos asuntos, él descubrió que es por mi culpa que le están solicitando regresar ahora, después de tanto tiempo.

«¿Robb responsable de todo?». En definitiva, no estaba entendiendo nada.

—Claro que tú no tuviste nada que ver en esto. Fui yo quien finalmente logró que el patriarca de los McFadyen regresara a tomar su lugar frente a los negocios de su familia. Llevo años tras él.

«¿El patriarca de los McFadyen?». Hasta ella, con su ignorancia, sabía que el anciano Andrew McFadyen había permanecido en el anonimato desde que su familia había fallecido. ¿Qué tenía que ver ese anciano con Albert?

—Eres un verdadero estúpido, Walter.

—¡No te atrevas a insultarme!

—El consejo está obligándolo a regresar a Escocia porque yo me negué a seguir cubriendo su espalda. Sin mi apoyo, Albert debe volver a tomar el control de las cosas.

—¡Tonterías! Albert tiene a muchas personas que han estado cubriendo su ausencia en diferentes lugares. Sus sobrinos se han ocupado de las sucursales más importantes de las empresas; uno en Chicago, otro en Boston y el otro en Londres. Incluso el señor Johnson se ha hecho cargo de los negocios en las oficinas centrales de Escocia y constantemente viaja por los puntos más relevantes de Europa. Y tú, bueno…, tú tienes a tu cargo una pequeña filial al final del mundo. No te creas tan importante.

—No tienes la menor idea de lo que he estado haciendo aquí, ¿cierto? —Su molestia se notaba clara en su voz y parecía que ella tampoco sabía nada—. Vine aquí porque el mismo Albert me lo solicitó. Yo soy quien ha venido revisando todos los documentos que sus queridos sobrinos y el señor Johnson le hacen llegar. Albert, mi tío, se ha mantenido ajeno a su fortuna, aunque no del todo de sus responsabilidades, desde que puso el pie aquí por primera vez. Soy yo quien ha mantenido a flote esta empresa. Fui yo la única persona que sabía dónde estaba cuando todo mundo lo dio por desaparecido. Mientras tú lo buscabas por cielo, mar y tierra… él mantenía correspondencia conmigo.

—¿Y no me dijiste nada aun sabiendo lo mucho que necesitaba encontrarlo?

—¿Por qué habría de hacerlo? No te debo nada, Walter. A él sí, y me pidió mantener su secreto, cosa que hice con gusto porque sabía lo mucho que necesitaba alejarse de todo y de todos. Ustedes querían encerrarlo en una oficina, tras cuatro paredes. ¿Tienes una idea de lo que eso le habría supuesto a su espíritu? Lo habría destruido en segundos.

—¿Y por esa fidelidad y aprecio que le tienes decidiste entregarlo ahora?

—Eso no te interesa.

—No. De hecho, no. Porque sea lo que sea que lo hizo regresar, a mí me representa una gran ventaja. Lo encontré. No lo perdí de vista y ahora está por volver a casa. Mi trabajo está completo. Mi recompensa será grande. Finalmente es tiempo para mí de irme de aquí. Estoy harto de este horrible pueblo.

—¿Y quién te dijo que estás autorizado para partir?

—¿Cómo?

—Albert ha sido muy claro en sus indicaciones. Tú te quedarás aquí hasta que él así lo decida. Y yo…

—¡Pero…!

—Es una orden y no hay forma de que lo convenzas para que cambie de opinión. Sabes lo obstinado que puede llegar a ser y, aunque no lo creas, cuando está enojado es muy difícil hacerlo entrar en razón.

—No. No. Debe de haber algún error.

Eso era precisamente lo que Andy pensaba. Tenía que haber algún error. Albert no podía ser un hombre que hubiera escapado de sus responsabilidades por cobardía. No podía ser tan cruel como para obligar a un hombre a que se quedara en un lugar en contra de su voluntad. Robb y él nada tenían que ver. Robb no podía ser el causante de su partida. No. No. Mil veces no. De un momento a otro se encontró respirando con dificultad y corriendo fuera en busca de aire fresco.

El viento de la noche la recibió con agrado, regalándole una ligera caricia sobre el rostro. Posó las manos sobre la madera de la barandilla, cerró los ojos y respiró profundamente intentando tranquilizarse y controlar el desenfrenado correr de sus ideas. Intentó concentrarse en el sonido del aire al mover las hojas de los árboles, el cálido aroma que emanaba de la tierra y la naturaleza que la rodeaba. Necesitaba serenarse. Pero sus pensamientos no la dejaban en paz. No entendía nada. Sentía que un nudo comenzaba a formarse en su garganta para acompañar al vacío que se le había hecho en la boca del estómago. No lograba siquiera ajustar su respiración. Entonces escuchó el crujir del piso de madera tras ella. Abrió los ojos y, parado a la orilla de la terraza, lo vio a él.

Fue imposible no identificarlo, con su rostro —ahora sin barba— y cabello iluminados ligeramente por la luna y la luz que salía de la casa. La miraba con rostro preocupado y, una vez que estuvo seguro de que lo había reconocido y no le asustaba su presencia, comenzó a acercarse a ella. Pero antes de que lograra dar siquiera un par de pasos ella soltó:

—Creí que no era usted más que un capataz que disfrutaba los favores de la alta sociedad de este pueblo. ¡Tonta! ¿Pensaba decirme la verdad en algún momento, señor McFadyen? —Él se detuvo de golpe y esbozó una sonrisa sardónica.

—¿Por qué debería yo darle explicaciones a la prometida de uno de mis empleados? —fue su hiriente respuesta.

—Creí que Robb era su sobrino, no otro más de sus trabajadores. Y tontamente me permití suponer que éramos amigos —susurró ella intentando controlar su rabia y su llanto.

—¿Y para demostrarle mi amistad tenía yo que contarle absolutamente todo de mí?

—No. Pero me habría gustado que me contara al menos algo. Ahora me doy cuenta de que no sé absolutamente nada de usted.

—¿Y en qué momento pude contárselo? ¿Mientras controlaba su amargura, la bajaba de un árbol o la sacaba de cualquier lío en el que hubiese decidido meterse? Déjeme recordarle, señorita, que con usted todo gira en torno suyo. La única vez que sentí la necesidad de contarle algo terminé consolando su llanto.

—Yo intenté escucharlo, pero, pero usted se fue. Luego el tiempo y nuestras responsabilidades se interpusieron.

—Oh, sí, sus responsabilidades son tantas.

Él no era así. Había sido duro con ella antes, pero no lo había creído capaz de ofenderla.

—Me da mucha pena saber que, con el nombre, señor McFadyen, también viene la amargura. Lo creía un buen hombre, pero creo que solamente idealicé al personaje que usted mismo creó para ocultar su verdadera identidad.

—No se atreva a juzgarme sin conocerme, Andrea. Usted no sabe nada de mis amarguras. Se lo he dicho antes: no es usted la única persona que tiene derecho a sentirse miserable.

—¿Cómo puede nadie conocerlo si usted no lo permite? —Silencio.

—Creo que los papeles se están invirtiendo. ¿Cierto? —Nunca creyó que su voz pudiera estar cargada de tanta pena—. Mi intención no es ser grosero. Se lo prometo. Pero parece que no puedo evitarlo. —De nuevo calló y ella no supo cómo actuar—. Andrea, no pretendo ser impertinente, pero ¿sería mucho pedirle que camine un poco conmigo? No quiero que la gente llegue a escucharnos. No quiero más chismes. No quiero tener que explicar mis actos con nadie más, aunque probablemente le debo una explicación a usted. Y realmente creo necesitar un poco de compañía.

—Lo único que necesito escuchar, Albert, es que usted estará bien. No quiero que me diga algo que no está listo para decir. —Sonrió.

—Entonces, Andrea, ¿caminará conmigo?

—Solo si deja de dirigirse a mí con tanta deferencia.

—No entiendo.

—Para mis amigos soy Andy. Solo Andy. Y nosotros somos amigos, ¿verdad?

La pregunta sonó casi como una súplica, pero a él pareció agradarle. De nuevo sonrió, pero ahora sí con sinceridad.

—¿Caminamos, Andy?

—Sí, Albert. Caminemos.

Capítulo 18

Las personas suelen asociar —muy comúnmente— el término «recordar» con un proceso meramente mental; porque es precisamente en el cerebro donde están guardadas y se gestan las imágenes que dan pie a una memoria. Pero, incluso los antiguos —en su infinita sabiduría—, no ignoraban que «recordar» significa —etimológicamente hablando—: «Volver a pasar por el corazón».[37]

El cerebro guarda la información, sí, pero es el corazón el que la procesa y le concede valor e importancia. El cerebro almacena imágenes, colores, sabores, olores y sonidos; pero el corazón es el que late más fuerte cuando alguna de todas esas cosas guardadas te habla de algo o alguien querido, de un momento importante o incluso de un evento difícil.

«Recordar es volver a vivir», reza el dicho popular, y esa es quizá la frase más común afiliada a los recuerdos —y la más acertada—, pero yo prefiero quedarme con aquella —ligeramente más

---

37 Recordar viene del latín «recordari», formada de «re»: de nuevo; y «cordis»: corazón.

poética—, dictada por el escritor: «Recordar es fácil para el que tiene memoria, pero olvidar es difícil para el que tiene corazón».[38]

*** ******* *** ******* ***

Querida Andy,

Muchos han sido los meses y demasiados los borradores que he escrito para poder llegar a las palabras que ahora lees. Porque las lees, ¿cierto?

No puedo dejar de sentirme como un jovencito tonto, pero en verdad espero que leas y que mi esfuerzo no quede reducido a letras vacías.

Sería una pena que todo lo que ahora digo —que pretende guardar tanto—, jamás lograra llegar a ti y se quedara perdido en el olvido.

Su corazón latía con fuerza y tuvo que sentarse frente al escritorio de su camarote, con los brazos cruzados sobre el regazo y las hojas apoyadas sobre la madera para que el papel se mantuviera quieto y las letras no bailaran al compás del temblor de su cuerpo.

Era, efectivamente, una carta de él. Escrita por él. Después de tantos meses. Estaba leyendo palabras dedicadas exclusivamente a ella. Y él no intentaba disculparse por no haber escrito antes, pero dejaba bien claro que lo había intentado en más de una ocasión.

Sé que es poco lo que puedo pedirte después de haberme escondido en «el personaje que creé para escapar de mis respon-

---

38 García Márquez, Gabriel.

sabilidades», pero debo asegurar que nunca pensé encontrar a alguien que mereciera una confesión abierta de mi pasado.

No guardé ese secreto a causa de que no te creyera digna de una confesión, sino porque, después de todo, mi secreto no lo era tanto. Aquí todos sabían que yo NO era simplemente Albert, el capataz, sino Andrew McFadyen, el desdichado y excéntrico heredero de una familia desaparecida; supongo que quise creer que tú también sabías que yo había nacido en una cuna de oro.

Debí recordar que nunca socializaste bien con nuestros «divertidos amigos»; que los empleados de tu casa, como el resto de los pueblerinos, desde que llegué a estas tierras me tomaron como uno más de ellos y no hablaban de mi pasado para no lastimar mi presente; y que Robb nunca me presentaba como familiar suyo a petición mía.

Tal vez fue también un poco por lealtad a Robb que no quise decir nada. Recuerdo la emoción con la que me contó que había encontrado a la mujer perfecta para él y que le habían otorgado su mano en matrimonio. Preferí callarme y dejar que tú sola descubrieras quién era. Sin importar pasados, familias, ni apellidos.

Algo hubo ahí, no sé qué, que me llevó a desear que me vieras a mí. Al de verdad. Así como yo estaba dispuesto a verte a ti, a la que estaba escondida debajo de tantas capas de hostilidad.

Y lo había visto a él. Ahora estaba segura de eso. Albert, el supuesto personaje del acaudalado Andrew, era en realidad la parte más sincera y real del señor McFadyen. Ese rubio, de cabello largo y barba ligeramente crecida, que paseaba con una mofeta trepada en el hombro. El de mirada serena y sonrisa franca. El que siempre había tenido una palabra de aliento para ella, aun cuando le había dicho una que otra verdad con dureza. El que la ayudó a dejar a un lado su pena. Ese era el de verdad.

No el estirado rubio de mirada triste que la había atacado con palabras groseras la última noche que se vieron.

¿Sabes, Andy?, probablemente esto suene trillado, pero ese primer día que te vi, cuando Nzuri *te saltó a la cabeza y tú te enojaste tanto, yo... ¡Dios, qué difícil es plasmar sentimientos en papel! Desde ese día supe que te habías cruzado en mi camino por algo.*

Ella también lo pensaba así. Sus vidas tenían que encontrarse en algún punto. ¿Cómo podría ser de manera diferente?; y sabía también lo complicado que era sacarse del pecho los sentimientos para convertirlos en palabras, no importaba que fueran escritas o habladas.

Una vez Robb te comparó con una mujer que yo había amado, ¿recuerdas? Probablemente él estaba en lo cierto y me recordabas a alguien. Pero no creo que nos refiriéramos a la misma persona.

Él hablaba de alguien a quien conocí aquí, con quien había incluso imaginado un futuro, pero que vio sus últimos días cuando uno de los felinos a los que tanto admiraba se salió de control. Supongo que eso te explica mi desprecio por la frase: «león en casa».

¡Simba ndany ya nyumba![39] *No me recordaba a una mofa local que hacía referencia a mi cabello y barba. Me recordaba, dolorosa y punzantemente, a una mujer muriendo en mis brazos.*

---

39 León en la casa.

Él creyó que me recordabas a ella. Yo en cambio vi en ti rasgos de mi hermana y de mi madre. Tu cabello rubio, tus ojos intensos, tu piel tan blanca. Me recordaste quizá a las mujeres que más he amado y respetado en la vida. Y a las que más extrañaba.

Él nunca antes le había hablado de su familia. De hecho, nunca antes había hablado de él, de su pasado, o de su vida.

Es difícil estar solo, Andy. Es difícil perder uno a uno a los seres que más amas. Mamá y papá se fueron primero, mi hermana les siguió y yo me quedé aquí. Atascado, sin saber qué hacer y deseando poder alcanzarlos pronto.
Al quitármelos, la vida me hirió donde más me dolía y yo no pude siquiera defenderme.

Por unos momentos, Andy se sintió increíblemente tonta. Ella había perdido a su madre cuando era demasiado joven, seguramente no había entendido la magnitud de su pérdida, no se había acostumbrado tanto a ella. Pero él, él perdió a las tres personas que más quería en un corto tiempo, después de haber pasado su vida entera rodeado de sus cariños.

Tener el corazón roto porque alguien ha decidido dejar de amarte es duro, pero soportable. De alguna manera te da la oportunidad de refugiarte en el rencor. Te permite culpar a esa persona por haberte causado tanto pesar. Incluso te cede el derecho a cambiar dolor por ira. No siempre es la mejor salida; sin embargo, funciona.
Pero dime, ¿a quién culpas cuando tu corazón se hace pedazos porque aquellos a quienes amas ya no están más en este mundo? ¿A la vida? ¿Al destino?... ¿Qué puedes sacar

de una batalla que no tiene un rival al que puedas ver de frente? Nada. Solo amarguras y más tristeza. Pero... ¿a quién acudes en busca de consuelo cuando las primeras personas en las que piensas son las que te faltan?

Sí, Andy, me recordaste a mi madre y a mi hermana. Ambas eran mis confidentes, mis mejores amigas, las personas que mejor me conocían. Las que me enseñaron a ser fuerte y sonreírle a la vida.

No soportaba verte a ti tan miserable y recordarlas a ellas sonrientes. Simplemente no lo soportaba.

Es curioso, pensó ella, cómo encontramos en algunas personas destellos de otras. Y también lo es la forma en que nos aferramos a los recuerdos que más pesar nos causan.

Quizá te cruzaste en mi camino para que yo recordara las cosas que Rose y mamá me habían enseñado. Tal vez fue para que yo te ayudara a ver que no todo era tan malo como lo creías. Que aún había buenas razones para sonreír.

¡Qué feliz me hizo escuchar tu risa, la verdadera, aquella primera vez! Y qué miserable me sentí al darme cuenta del ligero brinco que dio mi corazón al escucharte.

Papá siempre dijo que teníamos que seguir los mandatos de nuestro corazón, pero también que teníamos que ser siempre fieles a las personas que nos han apoyado sin miramientos. Que no había peor error que lastimar a quien siempre te ha demostrado cariño.

Robb ha sido la única persona que se ha mantenido realmente a mi lado. Me sentí un truhán al darme cuenta de que poco a poco te estabas colando en mi mente. ¿Cómo podía yo pagar la lealtad de mi sobrino alejándote de su lado? A ti, su mujer perfecta.

Mi razón gritaba que estaba siendo el más ruin de los hombres, pero mi corazón, ese tonto no cabía de alegría. Después de tanto tiempo estaba despertando de un letargo en el que yo lo había sumido para protegerme. ¿Qué podía importarle a él la lealtad cuando comenzaba a sentir algo más que tristeza?

Él era un hombre justo y honesto. Su padre lo había enseñado a ser así. Ella nunca había tenido a alguien que guiara sus pasos, y aunque creía tener bien definidos los límites del bien y el mal, no podía imaginarse la difícil posición en la que Albert se había encontrado.

Intenté mantenerme lejos de ti, pero fue inútil. Intenté convencerme de que no me eras tan importante, pero fue en vano. Despertaba día a día con la intensa necesidad de verte, de escucharte, de verme reflejado en tus ojos. Aunque fuese solo por un fugaz momento.

Por un tiempo, tontamente, creí que era yo quien te estaba ayudando, pero la verdad es que fuiste tú quien me ayudó a mí. Me ofreciste una ilusión y me conectaste de nuevo con los preciosos recuerdos que había fingido olvidar. Mientras tanto, yo intenté ayudarte a recordar lo bien que se siente sonreír. Creo que nuestros caminos se cruzaron para que nos ayudáramos mutuamente.

Pero entre nosotros estaba Robb. No podía, simplemente no podía lastimarlo. No a él. Después de todo lo que había sufrido por el desprecio de su familia y todo lo que había hecho por mí. ¡Él era mi amigo! No podía alejarte de su lado. Fue entonces cuando decidí contarte todo. Necesitaba que te dieras cuenta de que eras importante para mí, pero que él se merecía un mejor trato. Probablemente fue un intento desesperado. Yo no tenía el valor para apartarme de tu lado, pero si tú me pedías que me alejara, entonces me darías una razón para hacerlo. Sin embargo te encontré tan vulnerable y necesitada de apoyo.

Quise acallar mi razón y protegerte; gritarte que no estabas sola y que todo estaría bien, que yo estaba ahí para ti. Pero no pudiendo hacerlo, me limité a hacer lo que mi madre hacía siempre. Te abracé intentando imprimir en ese abrazo aquello que no podía decirte con palabras. Y recordé lo que papá mejor sabía hacer cuando no se sentía capaz de ayudarme, te dirigí a quien estaba, no mejor capacitado, pero sí designado para hacerlo. Papá me mandaba siempre con Rose, yo te pedí acudir a Robb.

De nuevo intenté alejarme y esconder mis sentimientos, pero debo de haber sido muy poco convincente porque no logré engañar a nadie. Robb se dio cuenta de todo y reaccionó como sabía que lo haría.

Seguramente ambos no habían sabido esconder la necesidad que tenían de, al menos, verse. Ella siempre pensó que había sido su poca discreción la que había llevado a Robb a descubrir que, aunque él era su prometido, su corazón era de otro.

Al principio me llené de rabia. Él me estaba castigando de la forma más dolorosa que pudo haber encontrado: obligándome a enfrentar a mis demonios, obligándome a regresar a la tierra de la que había huido después de la muerte de mis padres y mi hermana.

Salí de Escocia porque no me sentía lo suficientemente fuerte para vivir en un lugar en el que estaban todos mis recuerdos, y sabía que olvidar a mi familia me haría perder-

me. *Entonces guardé mis recuerdos y comencé de nuevo en un lugar en el que no estaba impregnada su esencia. Pero no podía escapar por siempre y Robb había encontrado la manera de hacerme volver.*

Me daba pánico ver los lugares en los que había impresos recuerdos de momentos felices, de nuestra vida cotidiana. Los había llorado tanto que no quería tener ninguna razón para llorarlos más.

Robb supo jugar muy bien sus cartas y ahora se lo agradezco. En su momento odié su obstinación y poco tacto, pero fue gracias a él que logré reencontrarme con esa parte de mí que enorgullecía a papá. Fue gracias a él que Andrew Albert McFadyen estuvo de vuelta en el lugar que le correspondía.

Él me escondió cuando yo se lo pedí, porque lo necesitaba; y fue él mismo quien me devolvió al mundo del que había escapado porque mis responsabilidades así lo demandaban.

¡Ese hombre era excepcional! Había cambiado resentimiento por agradecimiento. ¿Cómo podía hacerlo?

Muchas veces te lo he dicho, y creo que jamás me cansaré de hacerlo, ese joven amigo y familiar mío no es malo, es simplemente incomprendido. Vio MI tristeza de nuevo. Vio SU amargura de nuevo. Y fue él quien me dijo: «Albert, lamento mucho habernos puesto en esta situación. Desde hace algunos días no logro quitarme de la mente la voz de Rosy diciendo que la verdadera lágrima no es la que cae de los ojos y resbala por la cara, sino la que duele en el corazón y resbala por el alma. Yo tengo el orgullo mancillado, pero tú, tú tienes el alma herida».

Fue él quien te llevó a mí. Fue él quien nos separó. Y es él quien me devuelve a ti.

Robb fue el más inteligente de los tres. También el más valiente. ¿Ahora entiendes por qué me resultaba tan difícil entrometerme entre él y sus ilusiones?

Pero aquí me tienes, ya sin caretas, ya sin mentiras, ya con demonios enfrentados, contándote quién soy. Esperando que comprendas el porqué de mis acciones.

El personaje que creé estaba ahí porque no quería olvidar, pero me atormentaba mirar mis recuerdos. Ahora ya no necesito esconderme porque en estos meses logré hacer las paces entre mi pasado y mi presente.

He logrado organizarme para poder hacerme cargo de mis responsabilidades desde aquella luminosa tierra que tanto añoro. Y, sabiendo que ya no hay nadie a quien pueda lastimar con mis afectos, quiero pedirte que me encuentres allá.

¿Lo harás, Andy? Por favor, dime que lo harás.

Te estaré esperando. En el lugar de nuestro único baile, donde casi te robé un beso.

Tuyo.

Albert.

Capítulo 19

Solo caminar. Contigo. Sin palabras.
En silencio.
Sumidos en mutismo.
Pero a corazón abierto.

> *Lo único que me pides es compañía,*
> *Y lo gritas sin hacerlo.*
> *Lo único que te brindo es mi muda comprensión.*
> *Porque creo que sufres,*
> *Aunque temo saberlo.*

Solo nos mira la luna,
Porque caminamos sin vernos.
Nos sonríen titilantes las estrellas
Y suspira nuestro aliento.

> *Alejarme me atormenta,*
> *Pero no quiero dejarte verlo.*
> *Por ello caminaré contigo. Sin palabras.*
> *Sin aliento. A corazón abierto.*

*** ******* *** ******* ***

Recordaba haber caminado largo rato a su lado, sin que hubiesen intercambiado palabra alguna. Era obvio que estaba sufriendo pero no se le ocurría nada para ayudarlo. No sabía adónde se dirigían, aunque no le importaba saberlo. Su expresión triste era lo único que llamaba su atención y no fue hasta que se detuvo que se dio cuenta de que habían estado caminando en círculos y estaban parados justo frente a su casa, aunque aún un poco alejados. Los murmullos de la fiesta les llegaban transportados por el viento.

Se lo veía cansado, ojeroso, intranquilo. Quería decirle tantas cosas, pero no supo cómo hacerlo.

Lo único que quería era estar a su lado. En ella veía reflejadas algunas de las particularidades de personas a las que añoraba mucho. Necesitaba su compañía. Necesitaba su consuelo. Quería tumbarse a llorar sobre su regazo como lo hacía con su madre; añoraba sentir las caricias de su hermana en su cabello y en sus manos. Pero no tenía el valor para desplomarme frente a ella. Sabía que si se permitía decir una sola palabra, su fortaleza se haría pedazos y quedaría ante aquella, a quien tanto adoraba, como un niño lloroso y dolorido. No temía que lo juzgara, pero le aterraba asustarla. Entonces simplemente caminó, con ella a su lado. En silencio.

La vio salir de casa y decidió ir tras ella. Aún se aferraba a aquella infantil idea de poder convencerla para que le devolviera sus afectos. Él, que nunca había querido a nadie en la vida y a quien solo unos cuantos habían demostrado cariño, necesitaba con urgencia aferrarse al sueño de un amor que sabía, desde el inicio, condenado y perdido.

Cuando cruzó el umbral, la vio bajar los tres escalones del porche trasero, pero no iba sola. A su lado caminaba su tío, su amigo, su único compañero. En el estómago sintió un inmenso vacío. Su corazón lloró de nuevo, y para protegerlo, su orgullo atormentado blandió la ira que contenía su cuerpo. Así que entre la penumbra, sin dejarse escuchar, comenzó a seguirlos. Caminó tras ellos. Hasta que se detuvieron.

Él se detuvo y se mantuvo en silencio. Con la cabeza echada hacia atrás, los ojos cerrados y dejando que el viento jugara con su cabello. Después suspiró, agachó la cabeza y se llevó una mano a la frente, en clara muestra de desasosiego.

—Albert —aventuró ella con preocupación—, ¿se encuentra bien?

Él intentó sonreír, pero solo alcanzó a delinear una sombra de aquella sonrisa que ella desde el inicio había adorado.

—Lamento todo esto, Andy. —Silencio.

—Sabe que puede confiar en mí, ¿cierto?

La mirada que se dedicaron fue intensa y elocuente, y la mano de ella quedó suspendida en el aire, indecisa a tomar la de él. Trató de instarlo a hablar, pero parecía que Albert no alcanzaría jamás a decir una sola palabra.

Robb los miraba desde lejos, debatiéndose entre correr a separarlos o permitir que las cosas siguieran su curso y después disfrutar viéndolos sufrir cuando Albert dejara el pueblo.

—Albert. Por favor, me asusta. Dígame, ¿qué le sucede?

El silencio era tan denso que poco se habría necesitado para poder cortarlo. Pero afortunadamente el susurro del viento arrastró con él el suave y rítmico compás de la música que salía de la casa. Él seguía sumido en un mutismo impenetrable. Era claro, estaba sufriendo.

—Por favor —musitó ella.

Entonces él la vio con una dulzura inmensa, e hizo un gran esfuerzo por traer a flote una sincera sonrisa.

—La música es bella —susurró.

—¿Cómo dice?

—Siempre suele ayudarme. —Parecía hablar solo.

Por un momento la paz volvió a su rostro y un ligero brillo soñador chispeó en sus ojos. Pero fue solo un momento.

—¿Bailaría conmigo?

—Yo…

—Por favor.

Su tono ligeramente suplicante la desarmó. Y aunque no entendía absolutamente nada de lo que estaba pasando dejó que él la guiará. Nunca habían estado tan cerca. Bueno, solo una vez: cuando él consolaba su llanto. Pero ahora era todo diferente.

Él colocó su mano derecha sobre la pequeña cintura de ella, y como reflejo ella colocó su mano derecha —que rápidamente fue cubierta por la izquierda de él— sobre su hombro. Comenzaron a moverse con tranquilidad, al compás de una música ligera y serena. Sin decir nada. Con un silente entendimiento. Entonces ella, en un giro de absoluta espontaneidad, cerró los ojos y recostó la cabeza sobre su pecho. Sí, sobre su pecho; él era tan alto que aún con los zapatos que Andy llevaba no alcanzaba a posarse sobre su hombro.

Él, de inmediato, llevó su mano izquierda hacia su ondulado cabello y posó el mentón sobre su cabeza. Ambos cerraron los ojos. Ambos aspiraron el aroma del otro. Ambos dejaron que fueran sus sentidos los que hablaran por ellos. Él por temor a no poder mantenerse fuerte ante ella; ella por miedo a lo que estaba sintiendo.

Y ahí estaban los tres. Dos corazones enamorados disfrutando, sin poder confesarlo, de la compañía del otro; y un tercero que sufría a la distancia observando cómo se quebraban sus sueños. Todos con pensamientos dando vueltas por su cabeza, pero sin atreverse a decir algo y exponer ante alguien sentimientos que no tenían sentido siquiera para ellos.

Andy se había dejado llevar por los gritos anhelantes y alegres de su corazón. Por primera vez en la vida sentía que había encontrado un lugar en el que no necesitaba protección alguna. Ahí, recostada en el pecho de Albert, se sentía más feliz que nunca. Pero no olvidaba que su rubio acompañante estaba a punto de dejarla por cumplir con el rol que sus responsabilidades demandaban.

«Prometo que una vez que te hayas ido», pensó, «será incluso el simple recuerdo de esta sombra de tu sonrisa lo que llenará de color mis días e iluminará constantemente mi camino».

Albert tampoco era ajeno al desenfrenado latir de su corazón. Se había enamorado como un adolescente y, aun sabiendo a lo que tendría que enfrentarse en los días venideros, en ese preciso instante era feliz, inmensamente feliz. Tanto que no se atrevía a murmurar nada que pudiera romper el hechizo que música, baile y noche habían creado alrededor de ellos.

«Mírame a los ojos, por favor», pensaba con emoción. «Mira mis ojos y contempla tu reflejo en ellos. Solo así podrás saber todo lo que significas para mí, y yo podré imprimir tu mirada en mis recuerdos».

Robb, por su parte, intentaba obligarse a dar media vuelta y marcharse de ahí, pero aquella parte de su corazón que había aprendido a torturarlo lo forzaba a quedarse donde estaba. Mirando con dolor cómo la mujer que creía amar danzaba abrazada con otro como jamás lo haría con él.

—Al parecer, la estrella a la que pedí aquel deseo de felicidad estaba demasiado lejos y ocupada para oírme —susurró, y sin darse cuenta levantó una mano para limpiarse una astuta lágrima que surcaba su mejilla—. Ahora, cuando recuerde el momento en que llegaste a mí y mi corazón se inflame como nunca antes lo había hecho, solo podré sufrir por el sueño en que creí y jamás veré cumplido.

«No hay nada que pueda darte. Lo único que puedo hacer es prometer que, una vez que te hayas ido, solo el recuerdo de nuestro tiempo juntos llenará de color mis días e iluminará constantemente mi trayecto. Y día a día recordaré, al menos, la sombra de tu sonrisa, que es lo único que ahora veo».

«No quiero permitirme una nueva ilusión sin fundamentos, pero estoy seguro, mi corazón lo grita, que hay entre nosotros algo más que amistad. Y aunque sea aun una incertidumbre, me siento ansioso, porque siento que, al partir, puedo alejarte de mí, y sin ti ya no creo poder tener la fuerza de olvidar o ser feliz».

«Se apagó la estrella a quien grité mi más ferviente deseo, y lo sé por el dolor intenso que siento ahora. Sé que te hice daño y estoy seguro de que aún te causaré un poco más.

Perdóname, te lo pido desde ahora, lo lamento. No te supe hacer feliz y no te supe comprender. Creo que lo único que atesoraré de ti será la sombra del amor que alguna vez te tuve y que jamás pudo ser perfecto».[40]

La música seguía llegando desde lejos y Albert y Andy se aferraban uno a otro intentando robarle tantos segundos al tiempo como les fuera posible. No necesitaban confesarse nada. El entendimiento que había entre ellos había logrado ser tan profundo que las palabras sobraban, pero a veces, aunque tu corazón y tu cuerpo entero griten que amas con locura a una persona y que eres correspondido, no es suficiente. A veces es necesario escucharlo, a veces…

—Creo que le debo muchas explicaciones, Andy —susurró él aún manteniéndola en brazos—. Yo.

—No necesito que diga nada que le haga sufrir. No si no está listo para hacerlo. —Él sonrió y se separó ligeramente de ella.

—No creo que el tiempo me alcance para contarle todo lo que quiero, por eso… —Separó una de sus manos de ella y buscó dentro de su saco—. Espero que esto pueda ayudarle a comprenderme.

—¿Un diario?

—No precisamente. Aquí va guardado todo lo que he sido durante el tiempo que llevo viviendo en África. Quiero que lo tenga. Léalo y, por favor, compréndame.

—Albert.

---

40 Inspirado en: Bennet, Tony & Juanes. «The Shadow of your smile». *Duets: an american classic*. 2006.

—Quisiera explicarle todo yo mismo pero...

—Lo hará —dijo ella mirándolo directamente a los ojos—, guardaré esto si así lo desea, pero será usted mismo quién me cuente todo lo que necesite saber, cuando regrese.

—No sé cuánto tiempo tardaré.

—Esperaré.

—No sé si regresaré.

—Seguiré esperando.

—Andy. —Sus miradas se encontraron. Él llevó una de sus manos hacia su rostro, con una caricia sutil—. Yo...

El espacio entre ellos parecía inmenso y poco a poco comenzó a acortarse. Él, con toda su altura, comenzó a inclinarse lentamente hacia ella, su cerebro gritaba frenéticas alarmas, pero su cuerpo no atendía una sola de ellas. Deseaba besarla, lo deseaba con todo su ser y ella no oponía resistencia alguna. Se miraban con ardor, sabiendo que quizá esa era la única oportunidad de alcanzar un momento tan dulcemente intenso. Los centímetros se acortaban, casi sentía el roce de sus labios, ya sentían las caricias de su aliento. Cerraron de nuevo los ojos, su baile había terminado y solo quedaba el movimiento de sus rostros aproximándose uno a otro. Con sus corazones gritando en silencio: «Te necesito, te quiero».

Andy abrazaba con una mano la cintura de Albert. Albert tomaba con una mano el rostro de Andy. Ambos sostenían con una mano aquella libreta que él quería entregarle a ella. Iban a besarse. Estaban solos, rodeados por la tierra que los había unido. Y entonces Robb no pudo soportarlo más y salió de su escondite rompiendo toda la magia del momento.

—Andrea, te he buscado por todos lados —dijo imprimiendo un tono de reproche a su voz, pero ocultando cualquier rastro de su sufrimiento.

Al escucharlo, los rubios se separaron azorados. Y regresaron a la realidad.

—Lamento mucho habértela robado, Robb, quería despedirme.

—Me queda claro. —Su tono mordaz fue tan incisivo que Albert decidió pasarlo por alto.

—No le quito más su tiempo, Andrea. Ha sido un gusto conocerla. Espero que el futuro pueda volver a cruzar nuestros caminos.

«¡Tonto, mil veces tonto!», se dijo. Dejarse llevar cuando sabía claramente que esa mujer era precisamente la única en la que él no debía pensar.

—El gusto ha sido mío, Albert. Le agradezco todo lo que ha hecho por mí. Espero algún día poder ser tan buena con usted como usted lo ha sido conmigo.

—Nuestros invitados aguardan, Andrea. Albert, la reunión es en tu honor, creo que deberías al menos fingir un poco de agradecimiento.

Quería notarse menos molesto, pero ¿cómo hacerlo después de lo que había visto?

—Me adelantaré entonces, Robb —dijo mirando fijamente a su sobrino.

Comenzó a caminar, pero luego se detuvo. Regresó unos pasos. Se paró frente a Andy y haciendo una ligera reverencia se despidió finalmente de ella.

—Señorita, espero que la vida le otorgue toda la felicidad que merece.

«Aunque no sea a mi lado», pensó. Tomó su mano y en ella depositó el beso que había deseado posar en sus labios.

—Espero que todo salga para usted tan bien como lo desee. De nuevo mil gracias, Albert.

—*Kwa heri*, Andy.[41] —«Te llevaré siempre conmigo. *Nakupenda kiasi*»,[42] musitó para sus adentros.

—No, Albert, adiós no. Hasta pronto. —«*Nakupenda pia, mpenzi wee!*»,[43] susurró ella en sus pensamientos.

A veces los recuerdos atormentan el alma, pero en otras ocasiones alimentan los más grandes sueños. El capitán del barco se había despedido esa noche anunciando a los pasajeros que la mañana siguiente tocarían por fin costas africanas. La Tierra de la Montaña Luminosa, su Tierra de la Montaña Luminosa estaba a menos de un día de distancia y en ella se encontraría de nuevo con él.

Se fue a dormir ese día con la ilusión de volver a verlo y terminar por fin aquel momento inconcluso. Se puso el pijama, se recostó, y antes de quedarse dormida, arrullada por el constante balanceo del barco, musitó:

—Buenas noches, amor mío, descansa, mi amor. Que tus sueños sean dulces, y los míos te traigan a mí. Deseo de corazón poderte soñar, me has hecho tanta falta. Ahora duerme, amor mío, y permíteme esperar que mañana nuestros sueños se hagan realidad. Descansa, amor mío. Buenas noches, mi amor.

---

41 Adiós, Andy.
42 Te amo tanto.
43 ¡Te amo también, mi amor!

Capítulo 20

El alba la descubrió oteando desde la cubierta, intentando descubrir con la exigua iluminación con que contaba, algo que le indicara que la tierra que tanto ansiaba ver estaba cerca. Pero por más que aguzaba la mirada, lo único que alcanzaba a vislumbrar eran los chispeantes reflejos dorados, rojizos y púrpuras del cielo sobre el mar, acompañados de una larga cola blanca de espuma que se extendía desde el barco hasta donde su mirada alcanzaba.

Estaba ansiosa. ¿Cómo no iba a estarlo? Albert la estaría esperando.

Desde que había subido a aquel barco en Londres, no hacía otra cosa que imaginar y perfeccionar la escena de su rencuentro: el barco atracaría en el puerto con su usual festividad, ella esperaría unos minutos en su camarote y cuando la algarabía se contuviera un poco, saldría a cubierta. Caminaría con toda la parsimonia y elegancia de que se creía capaz. Lo buscaría desde la pasarela y una vez identificado le lanzaría su mejor sonrisa. Mantendría la calma e iría hacia él con donaire. Cuando lo tuviese cerca le extendería las manos para que él las tomara. Él, luciendo toda su gallardía, le sonreiría —con esa sonrisa suya tan arrebatadora—, tomaría sus manos y después la abrazaría con profunda emoción. Luego, con su usual espontaneidad, la levantaría del suelo y giraría con ella en brazos, riendo. Para finalmente dejarla de nuevo de pie en el suelo y entonces, solo entonces, la besaría, una y otra vez, como lo había deseado.

En su mente, él era el más emocionado, pero su corazón reía con esa tonta idea suya. Le dejaba imaginar lo que quería, pero solía susurrarle con su usual insolencia que sería él quien decidiría qué hacer y, seguramente, no sería en absoluto como ella había pensado. «En cuanto el barco atraque subirás a cubierta y desde ahí lo buscarás con insistencia. Cuando lo encuentres entre la multitud, correrás a su encuentro. Lo abrazarás. No tendrás nada de calma. No podrás contener tus sonrisas. Llorarás». Sí, su corazón le decía que lloraría, pero ella intentaba ignorarlo; suficientemente nerviosa se encontraba como para agregar preocupación por no poder mantener la compostura.

Los minutos pasaron cediéndole al sol su autorización para brillar, ya en lo alto, completamente desperezado, permitiéndole ver un poco más lejos de lo que veía antes. Pero en lontananza aún no había señal alguna del puerto y mucho menos de aquella luminosa montaña que anhelaba ver desde que había dejado el África.

Esperó, mirando constantemente hacia delante. Esperó un poco más y el paisaje poco cambió —no veía más que agua y cielo, con el eventual paso de nubes y aves—. Y esperó un poco más hasta que la señora Jones se acercó a ella para llevarla a desayunar.

La anciana reía al ver la emoción y agitación de su señora, y se permitía dejar salir astutos suspiros que hablaban de recuerdos largo tiempo dormidos en su corazón. Ella también había sido joven. Ella también se había sentido enamorada y correspondida. ¡Qué feliz había sido! La ponía tan alegre pensar que su niña pronto tendría un pago justo por la dura vida que había llevado hasta ese entonces.

Ella también había imaginado el reencuentro de los enamorados, y se permitía ser un poco más romántica y sentimental que Andy; después de todo, había visto cómo ese sentimiento nacía, crecía, florecía y casi se veía condenado. Así que, aunque no quisiera aceptarlo, estaba igual de nerviosa, pero fingía mantenerse tranquila para poder darle fuerza a su ama. ¡Vaya pareja que hacían! Ambas intentando fingir una tranquilidad que ninguna albergaba.

Esperaron un poco más y, alrededor del mediodía, la tripulación indicó que el puerto era ya visible. Amabas subieron corriendo a cubierta, emocionadas. Andy notó de inmediato cómo las manos comenzaban a sudarle y sintió a su corazón dar saltitos de alegría, ligeramente cínico porque había acertado, y realmente emocionado sabiéndose próximo al objeto de sus afectos.

La hermosa Tierra de la Montaña Luminosa se erguía frente a ellas, desplegando toda su majestad. El aire cálido del pueblo comenzaba a rozar su rostro, como dándoles la bienvenida y, a lo lejos, alcanzaban ya a distinguir las figuras de personas que se movían como hormiguitas en el puerto.

Había llegado. Estaba ya ahí. Eran solo momentos los que la separaban de, de…, de tantas cosas. Del lugar en el que se había reencontrado consigo misma. De la gente que más cariño y aceptación le había demostrado en la vida. De un futuro lleno de alegrías. De nuevas aventuras. Y de ¿para qué fingir?, lo que más entusiasmo le causaba era que estaba a solo a algunos minutos de él. ¿Qué le diría?, ¿qué haría?, ¿cómo? Su cerebro comenzó a lanzarle miles de preguntas que no sabía responder y los nervios la atacaron sin misericordia, pero ya estaba ahí y solo podría responder a cada interrogante cuando lo tuviera a él enfrente.

Los últimos kilómetros antes de tocar puerto le parecieron eternos, y desde que comenzó a tener a las personas lo suficientemente cerca como para distinguir sus rasgos, dio inicio a su búsqueda desesperada de caballeros con melenas rubias, fueran largas o cortas. Barbas tupidas, ralas o inexistentes. Hombres blancos. Portes distinguidos pero relajados. Su mirada brincaba de persona en persona, desechando lo que miraba. Escudriñaba frenéticamente todo cuanto alcanzaba a ver pero por más que miraba no encontraba a la persona que buscaba. ¿Dónde se había metido Albert?

El barco atracó. La tripulación dio las indicaciones de cómo descender. La pasarela se tendió y Albert no estaba ahí.

La señora Jones llegó al encuentro de Andy, cargando como podía, sus pertenencias, esperando que su señora la mirara y en sus ojos encontrara felicidad, pero lo que encontró fue desconcierto. Andy, un poco aturdida, la ayudó con el equipaje, bajaron del barco y él no llegó a su encuentro.

—No entiendo nada, señora Jones —dijo la rubia intentando contener el llanto—. Simplemente no entiendo nada.

—Mi niña —comenzó a decir la anciana sumamente apenada, sin saber cómo reconfortar a Andy. Pero entonces alguien las interrumpió.

—*Hebu, Miss Andrea*.[44] —La voz era familiar.

—*Jambo, Reth*. [45] —Su antiguo traductor estaba esperando por ellas.

_____
44 Disculpe, señorita Andrea.
45 Hola, Reth.

—*Karibu.*[46] Señora Jones, un placer volver a verla.

—Igualmente, Reth. Pero dime, muchacho, ¿qué haces aquí?

—Me han solicitado venir por ustedes para llevarlas a casa.

—¿Albert? —musitó Andy.

—No —negó Reth algo sorprendido—, el señor Lawrence.

—¿Robb? No entiendo.

—Tengo indicaciones de llevarla a casa señora.

—¿Robb está aquí? —preguntó realmente contrariada y confundida.

—Sí, desde hace un par de semanas. Esperábamos que usted regresara pronto.

—Yo... —Se había quedado sin palabras.

—¿Y el joven Albert? —dijo la señora Jones, preguntando lo que Andy no podía.

—No he tenido la oportunidad de verlo, pero tengo entendido que está aquí desde hace algunos días

—Has escuchado, mi niña, ¡él también está aquí! —Intentaba reconfortarla un poco.

—Pero entonces, ¿por qué no ha venido? ¿Por qué fue Robb quien mandó por nosotras?

Volteó a ver a Reth con mirada interrogante, pero el hombre no supo darle ninguna respuesta.

—Creo que debemos irnos señorita, antes de que se nos haga tarde. El señor ha estado de buen humor y no me gustaría verlo molesto de nuevo.

—Claro. —Respondió mecánicamente, pero por su mente cruzaban ideas distintas, menos apacibles. «¡Y a mí qué me importa ver a Robb enojado!», pensó, pero se limitó a seguir a Reth. «¿Qué está pasando?, no entiendo nada».

---

46 Bienvenida.

El recorrido fue ¿corto?, ¿largo?, no tenía idea. Estaba demasiado ensimismada en sus pensamientos como para darse el lujo de contemplar el paisaje y verificar el tiempo que tardaron en ir del puerto a la casa. Finalmente llegaron. Robb no estaba ahí para recibirlas. «¡Lo que me faltaba!», pensó, «Robb no me explicará nada».

Reth tomó las maletas y las llevó a sus respectivas recámaras.

Albert tampoco estaba en casa. Andy no entendía absolutamente nada de lo que estaba pasando. ¿Qué sentido tenía una carta tan emotiva, si él no iba a ir por ella? ¿Qué tenía que hacer ella en casa de Robb? ¿Habría tenido razón la señora Jones y todo ese viaje no era otra cosa que una burla más de su ex prometido?

Se iba a volver loca. Si no encontraba respuestas pronto se iba a volver loca. Si seguía dándole vueltas a las cosas sin encontrar explicaciones iba a acudir a la paranoia, y eso no era nada bueno. Así que sin mediar palabra con nadie, sin asearse ni dormir, sin detenerse a saludar a sus antiguos empleados o darse un tiempo para buscar a aquellos amigos que la habían ayudado cuando Robb la abandonó, decidió salir a caminar por los alrededores.

Había pensado en ir directamente a casa de Albert pero no se atrevió. No salió de los terrenos de la casa porque no quería alejarse mucho, pero principalmente porque no quería encontrarse con nadie que pudiera preguntarle qué estaba haciendo ahí o por qué había regresado. Porque ¿qué iba a responder?: «¿Volví porque pensaba que Albert me había pedido que lo hiciera? ¿Porque quería estar con él, pero estoy caminando sola porque al parecer él se olvidó de mí?».

Su mente fue ahora la que tomó el mando, como no había logrado hacerlo en el barco, y era ella ahora quien se burlaba de su corazón. «Tonto, mil veces tonto. Tú y tu estúpida alegría. Si hubieses dejado que yo controlara las cosas, no estaríamos sufriendo. Pero no, tenías que ir con tu desenfrenado parloteo gritándole al mundo lo feliz que eras y serías. Por tu culpa estamos sufriendo».

¿Sufriendo? Sí, sufría. Tenía un nudo en la garganta y un enorme vacío en la boca del estómago. Contenía las lágrimas. Se sentía enojada con ella misma. Estaba furiosa con él. Pero sobre todo se sentía triste y decepcionada.

Se había permitido soñar con un futuro grandioso y ahora parecía que su ensoñación no llegaría jamás a hacerse realidad. Tenía miedo, mucho. Pero ¿por qué? Albert no parecía el tipo de hombre que jugaba con los sentimientos de nadie. Tal vez…, tal vez ella había sido una tonta y había malentendido todo. Pero…, pero la carta era muy clara: «He logrado organizarme para poder hacerme cargo de mis responsabilidades desde aquella luminosa tierra que tanto añoro. Y, sabiendo que ya no hay nadie a quien pueda lastimar con mis afectos, quiero pedirte que me encuentres allá. ¿Lo harás, Andy? Por favor, dime que lo harás». ¿Para qué pedirle que se reunieran si no quería estar con ella? ¿Acaso quería comunicarle algo que no entendía?

Siguió caminando un poco más, dejando que el viento cálido de su adorada tierra rozara su rostro, jugara con su cabello y le regalara las caricias que creía que recibiría de Albert. Y de pronto se detuvo. Frente a sí tenía a un enorme árbol. «Hay cosas peores que mecerse en abedules»,[47] pensó y antes de que se diera cuenta de lo que hacía se quitó los zapatos y los aventó a un lado, se preparó, y en cuestión de segundos, tenía las manos y pies colocados entre ramas y tronco. Estaba trepando el árbol,

---

47 Frost, Robert. «Birches». *Mountain Interval*, 1920.

por gusto y no por temor como lo había hecho antes. No era un abedul pero su conocimiento de árboles era casi nulo así que no le importó mucho su error. Con esfuerzo llegó a colocarse en una rama lo suficientemente grande para soportar su peso y con una vista realmente bella. Se sentó, contempló un tiempo el paisaje y luego llevó la mirada a la libreta que tenía en las manos. ¿En qué momento había tomado la libreta de Albert? ¿Cómo había logrado trepar sin darse cuenta siquiera de que la llevaba con ella?

No había terminado de leerla. Había esperado tanto tiempo para comenzar que no había alcanzado a terminarla, y estaba tan acostumbrada a tenerla a su lado que ya ni siquiera sentía su peso. Volteó a mirarla de nuevo, sonriendo un poco, y decidió abrirla directamente en la última página.

Es extraño llegar a conocer a alguien lo suficiente como para saber lo qué hará, ¿no lo cree, Andrea?

Sorpresa. Ese hombre jamás dejaría de sorprenderla.

No tengo idea de dónde estará mientras lee esto, ni de dónde estaré yo. Pero sí puedo asegurar, mientras escribo, que estará leyendo.

Cualquiera diría que, después de tan poco tiempo de conocerle y tan pocas conversaciones que hemos tenido, es una tontería decir que sé quién es usted, que tengo una idea relativamente clara de sus sueños o que estoy al tanto de sus sufrimientos y temores; pero usted y yo sabemos que cada segundo que hemos pasado juntos ha tenido más impacto en nuestras vidas que las horas y años que hemos pasado con alguien más. La conozco. Lo aseguro. Tanto como usted me conoce a mí.

Tal vez sea absurdo, pero en cada pueblo que he visitado a lo largo de mi vida, he escuchado que hay personas que llegan a entenderse con solo mirarse, porque en su vida actual llevan impresos recuerdos de vidas pasadas. Probablemente usted y yo nos conocimos antes, en vidas mejores, y fuimos felices juntos. No lo sé. Pero algo debe haber para poder explicar la conexión que tenemos. No sé si creer en eso, pero hasta ahora es la única explicación que tengo.

Sé que le daré esta libreta en cuanto me vaya, porque me iré pronto, me lo han dicho hoy. Y sé que aquí encontrará parte de lo que no he tenido tiempo de contarle. También sé que esperará algún tiempo para leerla y que esta nota final será lo último que lea. Al menos quiero suponer que así será.

Hace pocos minutos que me fui de su lado y aún siento su aroma impregnado en mi ropa. Pero ahora que estoy por irme recuerdo la primera vez que la vi, con su rostro molesto y su altanería. Debí haberla despreciado entonces pero no pude. Busqué miles de pretextos para no encontrarla más, pero cuando menos me lo esperaba ahí estaba usted, frente a mí.

Con un simple saludo —fuera amable o rudo— me hacía tartamudear, apenas podía hablar, mi corazón casi gritaba y me preocupaba que pudiera oírlo. Durante semanas soñé con usted, con besarla, con abrazarla a mí, pero creía que solo me veía como amigo y que eso sería lo único a lo que podría aspirar.

Soy un hombre hecho y derecho, Andrea, no creí posible volver a sentirme temeroso y tímido como un chiquillo, sobre todo no ante alguien más joven que yo, pero aquí me tiene, comportándome como un jovencito enamorado que se creía no correspondido, hasta hoy.

Creo que usted aún no se ha dado cuenta o no lo quiere aceptar, pero sé que también me quiere. Necesito creer que me *quiere. Es una pena que no pueda decirlo abiertamente, pero creo que ambos sabemos por qué, o por quién.*

La vida nos pone caminos a recorrer. El suyo ya fue trazado, y yo no estoy en él. Intentaré no sufrir por ello, y espero que no lo haga usted. En esta vida yo me aferraré a la idea de que al menos tuve la oportunidad de conocerla y saberla en parte mía.

Sea feliz, Andrea. Sonría con honestidad. Regálele al mundo su alegría y cuando piense en mí, o en nosotros, no lo haga con tristeza. Yo no la alejaré de quién está destinado a ser su compañero en esta vida, pero le aseguro que en la siguiente lucharé por ser yo ese a quien ame.

Ría. Llore. Viva. Y sea feliz.

Suyo, en esta vida y la siguiente.

Albert.

Terminó de leer, cerró la libreta y suspiró. Seguía sin entender nada. Albert le había dado un cuadernillo con una nota final en la que confesaba amarla. Le había enviado una carta en la que pedía que regresara a su lado, pero si de verdad la amaba, ¿por qué demonios no había ido por ella? ¿En dónde diablos se había metido? ¿Dónde?

Se iba a volver loca. Sí. En menos de diez minutos iba a perder la cabeza. Lo sabía. Lo sentía. Porque no se iba a permitir llorar, y el desconsuelo aunado a su paranoia la llevarían directamente a la locura. ¡Tal vez ese era el plan de Robb! Conducirla a la demencia para que una vez que estuviera fuera de sí pudiera finalmente desposarla. Tal vez, tal vez…

«Grrr». Sus sentidos se pusieron alerta. «Grrr». Comenzó a buscar por todos lados pero no veía nada. «Grrr». Estaba loca.

Ya no tenía que esperar diez minutos. Estaba escuchando ruidos. Estaba loca. Aunque… estaba en la copa de un árbol.

En África. Donde viven miles de animales peligrosos dispuestos a atacar.

«El desconsuelo lleva a la locura», pensó. No había otra explicación. Estaba perdida. Ahora sería la señora de Lawrence, y Andy quedaría en el olvido. Qué triste final para un momento tan...

—¡Ah! —gritó al ver una sombra pasar frente a ella y sentir que algo brincaba por su regazo y se posaba en su cabeza para después dar saltitos y ¿gruñir? No, ronronear sería más exacto.

Entonces reaccionó. Antes un animalillo había hecho exactamente lo mismo.

—*Nzuri* —susurró.

Nunca se había sentido más feliz teniendo una mofeta en la cabeza.

Levantó una mano para acariciar al animalillo y en ese preciso momento lo vio a él. Caminando hacia donde ella estaba. Con tranquilidad. Con alegría. ¡Había venido! ¡Estaba ahí! Su corazón se detuvo un momento. Lo vio trepar con agilidad hasta llegar a ella. Su mente se quedó en silencio. Él le sonrió. Ella lo miró.

—Viniste —alcanzó a decir.

—Sí. Al lugar que acordamos. —Él sonrió sin dejar de mirarla.

—Pensé que...

—Tenía que arreglar algunos asuntos.

—Yo... —Al parecer no se había vuelto loca, sino tonta. Las palabras se negaban a salir de su boca.

—Desde que me fui de aquí me he sentido perdido. —Tomó su rostro entre sus manos—. Pensé que en el momento en que regresara a estas tierras me sentiría mejor, —su corazón latía con demasiada fuerza—, pero no fue así.

—Albert —musitó.

Él cerró los ojos y dejó escapar un suspiro. Disfrutando profundamente de haber escuchado su nombre saliendo de los labios de ella.

—Estaba perdido, Andy. —¡Qué emoción escucharlo pronunciar su nombre!—. Estaba perdido incluso en esta tierra. Pero entonces vine a tu encuentro, vi tu rostro y mi corazón estuvo en casa de nuevo.

Cerró los ojos. Posó su frente contra la de ella. Rozó su nariz con la de ella. Estaba tan nervioso y tan emocionado.

—*Nakupenda*[48] —dijo entonces, y sin poder contenerse más, la besó.

*** ******* *** ******* ***

África 1 de enero de 1932.

La historia es muy clara en sus enseñanzas. Las ciudades crecen. Los desiertos se expanden y la vida siempre sigue su curso. He vivido en lugares en donde la arena se une con el viento y juntos regalan cálidas y polvorientas caricias. He estado en ciudades en las que las luces refulgen como perlas, durante las noches sin estrellas. Y todo está guardado en mis recuerdos. Incluso la más pequeña persiana. Las palabras suelen volver a mí, con el mismo sonido con el que las escuché la primera vez.

Puedo recorrer el mundo. Puedo pasar mucho tiempo lejos del lugar en el que vivimos. Puedo sentirme solo. Pero siempre, después de muchos o pocos días, después de muchos o pocos

---

48 Te amo.

kilómetros, cuando veo tu rostro, cuando escucho tu risa, mi corazón se siente en casa de nuevo.[49]

Los años han pasado. Ya no soy tan joven. Pero a tu lado siempre me sentiré como un chiquillo, emocionado, enamorado y feliz.

Cada vez que parto para hacerme cargo de los negocios de la familia y no puedo llevarte conmigo hago lo que estoy haciendo ahora, escribir en una libreta como la que te di la primera vez, esperando que de ese modo podamos mantenernos cerca.

Hoy agradezco a la vida por nuestro destino. Por nuestros sufrimientos y por todo aquello que nos llevó a estar juntos. Pero principalmente agradezco el viaje que nos trajo a esta nuestra Tierra de la Montaña Luminosa. Porque bien lo sabemos nosotros dos: «No hay hombre valiente que nunca haya caminado cien kilómetros. Si quieres saber quién eres, camina hasta que no haya nadie que sepa tu nombre. Viajar nos pone en nuestro sitio, nos enseña más que ningún maestro, es amargo como una medicina y cruel como un espejo. Pero un largo tramo de camino te enseñará más sobre ti mismo que cien años de silenciosa introspección».[50]

Te amo, Andy, hoy más que ayer y menos que mañana.
Nakupenda kiasi, mpenzi wee.[51]

---

49 Inspirado en: Groban, Josh. «My heart was home again». *With You*. 2007.
50 Rothfuss, Patrick. «The Wise Man's Fear». 2011.
51 Te amo tanto, mi amor.